喚醒你的英文語感 ！

Get a Feel for English !

喚醒你的英文語感！

Get a Feel for English !

附 **2** 片老饕CD

The crust is nice and...
...ouldn't get enough of
their tiramisu.

...really hit the spot...
You've got to... me...
moist and tender...

台大梁欣榮教授 策畫主編
作者：David Katz

用餐900句典

出國必備

☑ 護照
☑ 信用卡
☑ 900句典

貝塔語言出版
Beta Multimedia Publishing

序

When I first came to Taiwan in 1990 I ate a lot of bread. It wasn't that I was especially fond of the stuff, but rather that I could go into a bakery, clamp what I wanted with the tongs, and make my purchase without having to utter a word of Mandarin. Eventually my hunger got the better of me and I began to explore — slowly, with my very awkward Chinese — the street stalls and restaurants in my neighborhood, but those first few weeks were stressful and quite often embarrassing. Although I had studied Mandarin in the US for a year before coming to Taiwan, I was simply unprepared to meet the everyday challenge of ordering a simple meal. This book is meant to help people sidestep the kind of foreign-restaurantophobia I endured and simply enjoy the experience of dining out and trying new foods. *Overheard in the Restaurant* is exactly the kind of book I wish I had had when I first traveled abroad.

The book is divided into three parts. The first part is a collection of over 800 practical phrases you can use in just about any restaurant scenario imaginable. Need a recommendation from the waiter? No problem. Forget to bring your wallet? You're covered! The second part is designed to help you understand dishes on almost any English menu that you may encounter. It also provides descriptions and translations of fifty of the most common restaurant dishes abroad. The topical vocabulary lists in the third part of the book are a handy reference whenever you have an opportunity to talk about food in English. In short, the book covers everything you need to know to get exactly what you want while dining abroad.

I should also mention that in addition to the phrases meant to be used with restaurant staff, I've included tons of phrases you can use to talk about restaurants and food with your friends. For this reason, the book will be useful not only for overseas travelers, but also for anyone who eats with English-speaking clients and friends in Taiwan. So, no matter where you eat, go ahead and loosen your belt, pull out this book, and dig in!

Bon appetit! [cf. page 93]

Taipei, 2005

我於 1990 年初到台灣時，啃了不少麵包。並不是因為我特別愛吃麵包，而是因為我走進麵包店，只須用麵包夾挑選我要的麵包、到櫃台付錢然後走人，一個中文字都不必說。但到最後，飢餓感使我改變，我開始探索住家附近的路邊攤和餐廳——慢慢地，用我不靈光的中文。開始的幾個星期真是緊張也常鬧笑話。雖然我來台前，在美國學了一年的中文，但我顯然沒有準備好面對點餐這項日常挑戰。這本書就是要幫助讀者避免我所經歷的這種「外國餐廳恐懼症」，而能好好享受外食、嘗試新料理。「用餐 900 句典」正是我在出國旅行時希望能有的書。

　　本書分成三部分。第一部分收集了任何你想像得到的餐廳情境下會用到的 800 多個實用句子。需要服務生推薦餐點嗎？沒有問題。忘了帶皮包？本書也包括了！第二部分是幫助你了解你可能看到的英文菜單中的菜色。同時提供了 50 道最常見的異國餐廳菜色的說明和翻譯。本書第三部分列出了各種用餐主題的字彙，在你用英文談論食物時是非常方便的參考手冊。簡單一句話，這本書包含了你在國外用餐時充份滿足需求的所有用語。

　　我還要強調的是，除了面對餐廳人員時會用到的句子之外，我也囊括了你和朋友討論餐廳與料理時所需的大量用語。因此，這本書不只到國外旅遊時大有幫助，也適用於在台灣和說英文的客戶或友人共餐的時候。所以，不管你在哪裡用餐，請拿出這本書，放鬆腰帶、開始享用美食吧！

祝用餐愉快！（參見 p. 93）

康大偉

謝辭

Many of the phrases in this book were collected as my sister Monica, my brother Eric, our friend Risa, and I ate our way through California and Southern Arizona during an extended trip in March 2005. I would like to thank each of them — as well as the many waiters and waitresses we met — for contributing many of the phrases found in this book. They abetted con gusto and it shows.

I am also deeply indebted to my editors at Beta, the efficient Chen Jia-ren without whose guidance and encouragement this book would not exist, and the effervescent Brian Greene for a wholelotta checking, reality and otherwise.

Tramex Travel, based in Austin, Texas, graciously allowed me to use information from their international tipping guide.

本書中的許多句子都是我的妹妹莫妮卡、弟弟艾瑞克、好友麗莎和我，在今年三月我們一路吃遍加州和南亞歷桑納州時所收集來的。我要謝謝他們每一個人，還有我們所遇到的服務生，爲這本書貢獻了這麼多的用語。他們的熱情相助，在書裡完全展現出來。

　　我還欠了貝塔的編輯們一份大情，少了有效率的陳家仁的引導和鼓勵，本書恐難實現，還有開朗的布萊恩‧葛林爲我做那些校對、確認等等的工作。

　　還有感謝德州奧斯汀的 Tramex 旅行網慷慨地同意我使用他們的「國際小費標準」資訊（見附錄 1）。

用餐主題曲 (by Brian Greene)

CD1 02

You gotta have this book about restaurant talk and
You better have it with you eatin' filet mignon, yeah
Learn to read the menu and order what you want, fried, seared, yeah

Just a good ol' book and CDs
By your side while you eat

The phrases in this book will help you enjoy your meal
Know how to order eggs and drinks, that's the deal
Understand the hostess, waitress, try a bite of key lime pie, cubed,
steamed, yeah

Just a great ol' Beta book
Helpin' you while you eat

Poached eggs, hollandaise, choice-cut, bouillabaisse
Hand-tossed, cabernet, dinner roll, our souffle

From feelin' a little hungry to chowin' down, yeah
Mexican, buffet, anywhere in town, yeah
You get a piece of bad fish now and you'll know what to do, yeah,
yeah, yeah

Just the best ol' food book
Dine in style like a V.I.P.

這本餐廳用語書是你一定要有的！
在享用菲力牛排時最好把它帶在身邊！
學會看菜單、點你想吃的，不論是油炸還是爆炒！

一本好書和 CD
在你用餐時陪著你啊！

這本書的用語會讓你有個愉快的用餐時光。
學會怎麼點蛋和飲料，這是一定要的啦！
聽懂店長、服務生在說什麼，
更要嚐一口清爽的萊姆派，不論切成塊還是用蒸的！

一本貝塔的好書
在你用餐時幫助你啊！

要點荷包蛋、荷蘭醬汁、特選牛排、什錦海鮮湯、
手拌料理、卡納貝紅酒、麵包捲、舒芙蕾…通通沒問題！

從覺得餓了到大快朵頤；
從墨西哥餐廳、西式自助餐到城裏的任何角落；
點了不新鮮的魚，你也會知道該怎麼做！

這本最棒的用餐書
讓你像個 VIP 吃得有格調！

單元說明與使用方法

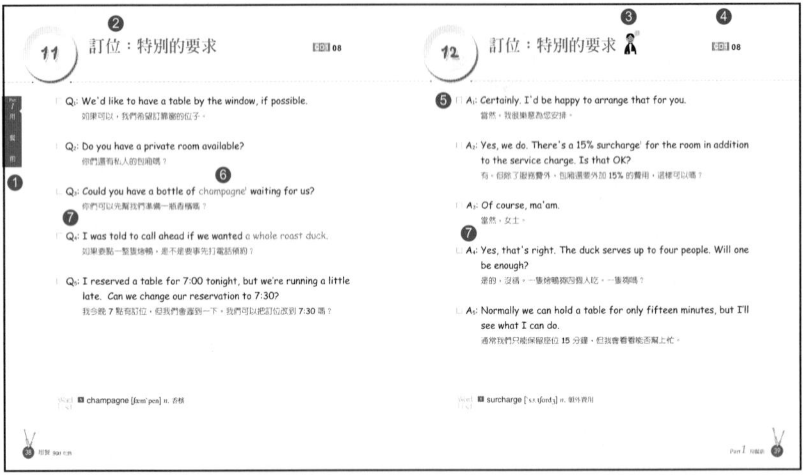

2
11 訂位：特別的要求 CD1 08

Part 1 用餐前

1

□ Q1: We'd like to have a table by the window, if possible.
如果可以，我們希望訂靠窗的位子。

□ Q2: Do you have a private room available?
你們還有私人的包廂嗎？

6
□ Q3: Could you have a bottle of champagne[1] waiting for us?
你們可以先幫我們準備一瓶香檳嗎？

7
□ Q4: I was told to call ahead if we wanted a whole roast duck.
如果要點一整隻烤鴨，是不是要事先打電話預約？

□ Q5: I reserved a table for 7:00 tonight, but we're running a little late. Can we change our reservation to 7:30?
我今晚 7 點有訂位，但我們會遲到一下。我們可以把訂位改到 7:30 嗎？

Word List 1 champagne [ʃæm`pen] n. 香檳

38 用餐 900 句典

3 4
12 訂位：特別的要求 CD1 08

5 □ A1: Certainly. I'd be happy to arrange that for you.
當然，我很樂意為您安排。

□ A2: Yes, we do. There's a 15% surcharge[1] for the room in addition to the service charge. Is that OK?
有。但除了服務費外，包廂還要外加 15% 的費用，這樣可以嗎？

□ A3: Of course, ma'am.
當然，女士。

7
□ A4: Yes, that's right. The duck serves up to four people. Will one be enough?
是的，沒錯。一隻烤鴨夠四個人吃。一隻夠嗎？

□ A5: Normally we can hold a table for only fifteen minutes, but I'll see what I can do.
通常我們只能保留座位 15 分鐘，但我會看看能否幫上忙。

Word List 1 surcharge [`sɜ.tʃɑrdʒ] n. 額外費用

Part 1 用餐前 39

❶ 依本書分類架構做成的側標。

❷ 用語的主題。

❸ 標示此圖 ，為餐廳服務生所說的話；未標示者，為讀者在餐廳用餐所需要的用語。

❹ CD 軌數。

❺ 將你習慣使用的用語，在 □ 中打勾，下次你可更快找到它的位置。

❻ 灰字部份可在本書「用餐好用字」找到更多可替換的字彙。

❼ 某些頁面為相對應的問答，以 Q 標示問句，以 A 標示其答句。

查詢小撇步：先由 ❶ 側標找到所需用語的分類，再由 ❷ 去搜尋用語主題，很快就可以找到你所需要的句子。

Contents

Section 1 用餐好用句

Part 1 用餐前

Part 2 餐廳接待區

Part
3

點餐

Part 4 用餐

Part
5

買單

Part 6 特殊場景

Part **7**

常見疑難雜症

Section 2 菜單慣用語

Section 3 用餐好用字

Section

1 用餐好用句

用餐前

我餓了

邀請別人一起用餐最簡單的方法之一，就是直接說你有多餓，此時對方可能就會開口邀約。相關查詢 86 ：表示吃飽了的用語。

☐ **I'm starting to get a little hungry.**

我有點餓了。

☐ **I'm (getting) hungry.**

我覺得餓了。

☐ **I could eat a little something.**

我可以吃點東西。

☐ **I could go for some noodles.**

我可以吃點麵。

☐ **Is it time for lunch yet?**

午餐時間到了嗎？

☐ **I'm starving.**[1]

我餓扁了。

Word
list　**1** starving [`starvɪŋ] *adj.* 飢餓的；非常餓的

邀請外出用餐

如果沒有用，就試試以下更直接的邀請方式吧！ 相關查詢 6 ：下列邀請的常見回應。

☐ Do you feel like getting something to eat?

你想吃點東西嗎？

☐ Hey, have you had lunch yet? Want to go grab something?

嘿，你還沒吃午飯嗎？想去吃點什麼嗎？

☐ I'm going to go get some lunch. Want to come (along)?

我要去吃午餐。要一起來嗎？

☐ Do you have time for a quick bite?

你有時間去快快找點吃的嗎？

☐ Are you hungry? Want to get some lunch?

你餓了嗎？要去吃午餐嗎？

3

你想吃什麼

在食物前面加上 some，如： some Japanese 、 some pasta ，並不是必要的，但這會讓你的英文聽起來比較隨性。

☐ **What do you feel like?**

你想吃什麼？

☐ **What sounds good?**

有哪些不錯的？

☐ **What are you in the mood for?**

你想吃什麼？

☐ **Are you in the mood for a** pizza?

你想吃披薩嗎？

☐ **Want to get some** Japanese?

想吃點日本料理嗎？

☐ **Do you feel like getting some** pasta?[1]

你想吃點義大利麵嗎？

Word
list　**1 pasta** [`pɑstə] *n.* 義大利麵

4 表明偏好

CD1 04

如果不是很確定要吃什麼，但有個大概的偏好，就可使用： something ... 的說法，
如： something light 、 something fast 等。

☐ **Whatever.**
隨便。

☐ **Anything is fine with me.**
吃什麼都可以。

☐ **I feel like something light.[1]**
我想吃點清淡的東西。

☐ **I could go for some Mexican.[2]**
我想吃點墨西哥料理。

☐ **I'm sick of pizza.**
我吃膩了披薩。

☐ **Anything but sushi.[3]**
除了壽司，什麼都好。

Word list
[1] light [laɪt] *adj.* 清淡的；份量不多的
[2] Mexican [ˋmɛksɪkən] *n.* 墨西哥食物
[3] sushi [ˋsusɪ] *n.* 壽司

5 提出建議

☐ **How about (going to) that new** Thai¹ **place?**
去那家新的泰國餐廳如何？

☐ **Let's try that** Vietnamese² **restaurant.**
我們去試試那家越南餐廳。

☐ **Do you want to go to the** coffee shop **again?**
你想再去那家咖啡廳嗎？

☐ **There's always the** spaghetti³ **place.**
還有那裡的義大利麵店。

☐ **Let's try something different today.**
我們今天吃點不一樣的吧。

Word
list　　■ Thai [ˈtɑ·i] *adj.* 泰國的　　　　■ spaghetti [spəˈgɛtɪ] *n.* 義大利麵
　　　　■ Vietnamese [vi.ɛtnɑˈmiz] *adj.* 越南的

6 接受／拒絕建議

如果你要婉拒某個邀請，給個簡單的解釋會比較禮貌。

☐ Sounds good (to me).
聽起來不錯。

☐ Sure. Anything is OK with me.
沒問題，我什麼都可以。

☐ It depends. (+ How much is it?)
看情形。（要花多少錢？）

☐ I'm sorry, I can't. (+ Maybe next time.)
很抱歉，我不行。（也許下次吧。）

☐ I wish I could. (+ ... But I already made other plans.)
我能去就好了。（……但我已經有其他安排了。）

7 請推薦

☐ Know any good noodle places?

知道哪裡有好吃的麵嗎？

☐ Are there any good Irish[1] pubs around here?

這附近有沒有不錯的愛爾蘭酒吧？

☐ Do you know where I could get a good sandwich around here?

你知道這附近哪裡可以買到好吃的三明治嗎？

☐ Could you recommend a good, cheap place for lunch?

你能推薦一個午餐好吃又便宜的地方嗎？

Word list ■1 Irish [ˋaɪrɪʃ] *adj.* 愛爾蘭的

推薦

□ There's this great noodle shop a couple blocks from here.
幾條街外有一家很棒的麵店。

□ Have you been to Moe O'Szyslak's?
你吃過 Moe O'Szyslak's 這家店嗎？

□ Oh, my God! You have to try The Regal Beagle! It's so good!
喔，天啊！你一定要試試 The Regal Beagle 這家店！實在太棒了！

□ If you like curry,[1] you might want to try Furry Curry.
如果你喜歡咖哩，你可以試試 Furry Curry 這家店。

Word list ❶ curry [`kɜ·ɪ] *n.* 咖哩

☐ Do you take reservations?[1]

你們接受訂位嗎？

☐ Hi. I'd like to make a reservation for this Friday, the 21st.

嗨，我想訂本周五 21 號的位子。

☐ I'd like to reserve a table for four, tonight, at 7:30. The name is Lee.

我想要訂今晚七點半，四個人的位子。名字是李。

☐ Do you have a table available for two, tonight, at 6:00?

你們今晚六點有兩人的位子嗎？

☐ Hello. I was wondering if you have a table available for six people right now. Could you save it for us? We'll be there in about fifteen minutes.

喂，你們目前有六個人的位子嗎？可以替我們預留嗎？我們大約十五分鐘後到達。

Word
list **1** reservation [ˌrɛzə`veʃən] *n.* 預約；預訂

一般的訂位

在平價和高檔餐廳中所聽到的用語會不同，高檔餐廳的說法以斜體字表示。

☐ **For how many?** 幾人的座位？

How many in your party? 你們總共有多少人？

☐ **What time?** 幾點？

We're all booked up at 7:30, but we do have a table available at 9:30. Is that OK? 我們七點半前都客滿，但九點半確定還有個位子，可以嗎？

☐ **Your name?** 你的名字是？

What name should I put that under? 要登記誰的大名？

☐ **Smoking or nonsmoking?** 吸不吸煙？

Would you prefer the smoking or the nonsmoking section? 您要吸菸區或非吸菸區？

☐ **OK. Thank you. See you then.** 好的，多謝，到時見。

So, Mr. Lee, that's a table for four this Thursday evening at 7:30. 好的，李先生，您預定的是星期四晚上七點半，四個人的桌位。

□ Q₁: **We'd like to have a table by the window, if possible.**

如果可以，我們希望訂靠窗的位子。

□ Q₂: **Do you have a private room available?**

你們還有私人的包廂嗎？

□ Q₃: **Could you have a bottle of champagne¹ waiting for us?**

你們可以先幫我們準備一瓶香檳嗎？

□ Q₄: **I was told to call ahead if we wanted a whole roast duck.**

如果要點一整隻烤鴨，是不是要事先打電話預約？

□ Q₅: **I reserved a table for 7:00 tonight, but we're running a little late. Can we change our reservation to 7:30?**

我今晚 7 點有訂位，但我們會遲到一下。我們可以把訂位改到 7:30 嗎？

Word list ❶ champagne [ʃæmˋpen] *n.* 香檳

訂位：特別的要求

☐ A₁: Certainly. I'd be happy to arrange that for you.

當然。我很樂意為您安排。

☐ A₂: Yes, we do. There's a 15% surcharge[1] for the room in addition to the service charge. Is that OK?

有。但除了服務費外，包廂還要外加 15% 的費用，這樣可以嗎？

☐ A₃: Of course, ma'am.

當然，女士。

☐ A₄: Yes, that's right. The duck serves up to four people. Will one be enough?

是的，沒錯。一隻烤鴨夠四個人吃。一隻夠嗎？

☐ A₅: Normally we can hold a table for only fifteen minutes, but I'll see what I can do.

通常我們只能保留座位 15 分鐘，但我會看看能否幫上忙。

Word list
1 surcharge [`sɜ,tʃɑrdʒ] *n.* 額外費用

餐廳接待區

13 詢問營業時間

☐ **Are you open?**

你們開始營業了嗎？

☐ **What time do you open?**

你們幾點開門？

☐ **What time do you close?**

你們幾點打烊？

☐ **Are you still serving breakfast?**

你們還供應早餐嗎？

☐ **Are you serving dinner yet?**

你們開始供應晚餐了嗎？

告知營業時間 👤

□ I'm sorry. We don't open until 5:30. We're just getting set up now.
抱歉。我們五點半才營業，現在還在準備中。

□ We close at 10:00, but we stop seating at 9:00.
我們 10 點打烊，但 9 點就不再安排客人入席了。

□ We serve breakfast until 12:00.
我們早餐供應到 12 點。

□ We're closed between 3:00 and 6:00.
我們 3 點到 6 點關門休息。

□ We serve lunch from 12:00 to 3:00 and dinner from 6:00 to 9:00.
我們午餐時間從 12 點到 3 點，晚餐從 6 點到 9 點。

15 詢問等待時間

☐ **How long is the wait?**
要等多久？

☐ **How long is the wait for a table of four?**
四人的位子要等多久？

☐ **Can we wait in the bar?**
我們可以在吧台等嗎？

☐ **What if we sat in the smoking section?**
如果我們坐吸菸區呢？

☐ **Smoking or nonsmoking. First available is fine.**
不論是吸菸區或非吸菸區，先有位子的就可以。

☐ **Excuse me, but weren't we here before that couple?**
抱歉，但我們不是排在那二人前面嗎？

告知等待時間

☐ Please have a seat. We'll have a table ready in just a few minutes.
請坐一下。我們再幾分鐘會準備好一張桌子。

☐ There's a twenty-minute wait. Is that OK?
要等 20 分鐘。這樣可以嗎？

☐ I could seat you in the smoking section, or would you prefer to wait?
我可以安排您坐在吸菸區，還是您想要等呢？

☐ May I have your name?
請問大名？

☐ Would you like to look at the menu while you're waiting?
您在等的時候要不要先看看菜單？

☐ Ms. Chen. Table of four. Your table is ready.
陳小姐，四位。您的桌子準備好了。

☐ We'll let you know as soon as a table is available.
有空位時，我們會馬上通知您。

17 接待

☐ Hello. Two for dinner?

嗨，兩位用晚餐嗎？

☐ How many in your party?

你們有幾位？

☐ Good evening. Do you have a reservation?

晚安，有訂位嗎？

☐ Would you like smoking, nonsmoking, or first available?

您要吸菸區、非吸菸區，或哪邊先有空位都可以？

☐ We're full at the moment. Would you like to wait?

我們現在客滿了。您願意等嗎？

要求帶位

☐ Hi. There are two of us.
嗨，我們兩位。

☐ Three for dinner. / Three, please.
三位，用晚餐。 / 三位，麻煩你。

☐ A nonsmoking table for four, please.
非吸菸區，四位，麻煩你。

☐ Hello. We have a reservation under Lee.
嗨，我們以李先生的名字訂位。

☐ We don't have a reservation.
我們沒有訂位。

☐ Could we see a menu, please?
請給我們看菜單好嗎？

19 帶位

Part 2 餐廳接待區

☐ Mr. Chang party of four? Please follow me.

張先生，四位嗎？請跟我來。

☐ Right this way, please.

這邊請。

☐ Table or booth?[1]

桌子或雅座？

☐ Is this table OK?

這個位子可以嗎？

☐ Would you like to sit inside or outside?

您想坐裡面或外面？

☐ Go ahead and sit anywhere you like.

裡面請，坐哪裡都可以。

☐ I'm sorry. That table is reserved.

很抱歉，這桌有人訂位了。

Word list　**1** booth [buθ] *n.* 二張高背沙發等夾一張桌子而與鄰座隔開的座位

20 座位要求 CD1 12

☐ Can we have a table by the window, please?

可以給我們靠窗的位子嗎？

☐ Is it OK if we sit in the booth?

我們可以坐雅座嗎？

☐ Could we sit over here instead?

我們可以改坐這裡嗎？

☐ Could we sit outside on the patio?[1]

我們可以坐外面的露天座嗎？

☐ We'd rather not to sit next to the kitchen.

我們不想坐在廚房旁邊。

☐ Do you have a table that's not so close to the smoking section?

你們有離吸菸區遠一點的位子嗎？

Word list **1** patio [ˈpɑtɪ‚o] *n.* 陽台

就座

有時候服務生不會主動告知特餐的價錢。如果他們沒說，你不必不好意思，直接開口問。Server 指的是 waiter 或 waitress。

☐ My name's Joanna and I'll be your server tonight.

我是瓊安娜，我是您今晚的服務生。

☐ Can I get you something from the bar while you're deciding?

您在決定餐點時，我能替你們從吧台拿點什麼來嗎？

☐ Would anyone like something to drink? Coffee? A cocktail?

要喝點什麼嗎？咖啡？雞尾酒？

關於特餐

☐ Would you like to hear our specials?

您想聽聽我們的特餐嗎？

☐ Our specials this evening are a grilled Atlantic salmon filet with a light cream sauce and we also have a fresh fried brook trout encrusted¹ in almonds.²

我們今晚的特餐是淡奶油烤鮭魚排和新鮮的油炸鱒魚裹杏仁。

☐ The specials are up on the wall behind you.

特餐就在您後面的牆上。

Word list
■ encrust [ɪn`krʌst] *v.* 以……包覆鑲飾
■ almond [`ɑmənd] *n.* 杏仁

22 就座

☐ **Could we have some water, please?**
請給我們一些水，好嗎？

☐ **We need another** place setting.
我們需要另外一套餐具。

☐ **Could you give us another menu?**
你可以再給我們一份菜單嗎？

☐ **What are your specials?**
你們的特餐是什麼？

☐ **I'll start off with a** Budweiser.[1]
我想先來瓶百威啤酒。

☐ **Can we get some** chips **and a** pitcher[2] **of** margaritas[3] **while we're deciding?**
在我們考慮時，可以先給我們一些洋芋片和一壺瑪格麗特嗎？

Word list

■ Budweiser [ˋbʌd͵waɪzə] *n.* 【商標】百威啤酒

■ pitcher [ˋpɪtʃə] *n.* 水瓶

■ margarita [͵mɑrgəˋritə] *n.* 瑪格麗特（雞尾酒的一種）

點餐

□ So, what kind of food do you like?

那麼，你愛吃什麼？

□ Do you eat a lot of Indian food?

你常吃印度菜嗎？

□ What's your favorite Indian dish?

你最喜歡哪一道印度菜？

□ What kind of curry do you like?

你喜歡哪一種咖哩？

□ Do you like spicy food?

你喜歡吃重口味的嗎？

□ Is there anything you don't eat?

你有沒有什麼東西不吃？

24 談論你喜歡的食物

□ I eat just about anything.

我不挑嘴。

□ Except for lamb, there's nothing really that I don't eat.

除了羊肉之外，我幾乎什麼都吃。

□ I love anything with cheese in it.

只要有起司的我都愛。

□ I love spicy food. The hotter the better!

我很愛吃辣。愈辣愈好！

□ I don't really care for seafood.

我不是很喜歡吃海鮮。

□ I can't stand oily food.

我受不了油膩的食物。

☐ Have you been here before?

你來過這裡嗎？

☐ What's good here?

這裡有什麼好吃的？

☐ I heard that Steve Buscemi is a silent partner here.

我聽說斯蒂夫‧巴斯米是這裡不管事的合夥人。

☐ I've never been here before, but it got a good write-up[1] in the *Times*.

我沒來過這裡，不過《泰晤士報》對這裡有不錯的評價。

☐ I didn't know you were taking us to such a fancy place.

我不知道你要帶我們到這麼高檔的地方。

☐ It was worth coming just for the décor.[2]

光是看裝潢就不虛此行。

Word list
  1 write-up [`raɪt,ʌp] *n.* （報章、雜誌等的）評論
  2 décor [de`kɔr] *n.* 裝飾

26 你想點什麼

☐ **What are you going to have?**

你想吃些什麼？

☐ **The** tempura[1] **looks good.**

天婦羅看起來不錯。

☐ **Oh, no! That's what I was going to get.**

喔，不會吧！這正是我要點的。

☐ **I know. You get the** Oysters Rockefeller[2] **and I'll get the** Shrimp Cocktail **and we can share, OK?**

我知道了。你點烤牡蠣，我點蝦沙拉，我們可以一起吃，好嗎？

☐ **Have you tried their** deep-fried calamari?[3]

你嚐過他們的炸小卷嗎？

☐ **I heard the** surf and turf[3] **is really good here.**

我聽說這裡的海陸全餐真的很棒。

Word list
1 tempura [ˋtɛmpura] *n.* 天婦羅
2 Oysters Rockefeller [ˋɔɪstəˋrɑkɪ͵fɛlə] *n.* 洛克斐勒烤牡蠣
3 calamari [͵kɑləˋmɑri] *n.* 烏賊
4 surf and turf [ˋsɝf ͵ɛnd ͵tɝf] *n.* 海陸全餐

□ I'll be with you in just a minute.
我馬上回來。

□ Sorry to keep you waiting.
抱歉讓您久等了。

□ Are you ready to order?
您可以點餐了嗎？

□ Need another couple of minutes?
還要再幾分鐘才能決定嗎？

□ Take your time.
慢慢來。

□ Let me know when you're ready to order.
決定好了再叫我。

□ What would you like?
您想吃什麼？

點餐之前

對朋友

☐ **Are you ready?**

你好了嗎？

☐ **Have you decided yet?**

你決定了嗎？

☐ **C'mon, man. Make up your mind! I'm starving over here.**

拜託，老兄，快決定吧！我快餓死了。

對服務生

☐ **We need a few more minutes.**

我們還需要幾分鐘。

☐ **We're still deciding.**

我們還在考慮。

☐ **Excuse me. We're ready to order.**

抱歉，我們可以點餐了。

29 請服務生推薦

☐ What do you recommend?

你推薦什麼？

☐ Are there any local specialties that you'd suggest?

有什麼本地的佳餚可以推薦的嗎？

☐ Do you have something that's not too oily?

有沒有不太油的餐點？

☐ What do you have that's kind of light?

你們有什麼餐點是比較清淡的嗎？

☐ We're in a bit of a hurry. Is there something we could get that wouldn't take too long?

我們有點趕時間。有沒有什麼是不必等太久的？

服務生推薦

☐ **A lot of people like the** chicken fried steak.

很多人喜歡炸雞式牛排。

☐ **My personal favorite is the** shrimp gumbo.[1]

我個人最愛的是蝦肉濃湯。

☐ **Our** fried chicken **is pretty good.**

我們的炸雞很好吃。

☐ **If you like** catfish,[2] **then you might like our** Cajun catfish sandwich.

如果您喜歡鯰魚，那麼您可以試試我們的凱郡醬鯰魚三明治。

☐ **We're pretty famous for our** hushpuppies.[3]

我們的油炸玉米球很有名。

☐ Turkey pot pie **is one of our chef's specials.**

火雞派是我們主廚的拿手菜之一。

Word list
1 gumbo [ˋgʌmbo] *n.* 甘寶湯（加秋葵莢之肉菜濃湯）
2 catfish [ˋkæt.fɪʃ] *n.* 鯰魚
3 hushpuppy [ˋhʌʃ.pʌpɪ] *n.* 油炸玉米球

關於菜單的問題

別害怕開口詢問，這樣才能確保你點的正是你想要的。

☐ **Do you have any specials?**

你們有什麼特餐嗎？

☐ **I have a question. What's Chicken Marsala?**¹

我有個問題。義大利甜酒燉雞是什麼？

☐ **Does the Pasta Primavera² come with a soup?**

蔬菜義大利麵附湯嗎？

☐ **What's the difference between linguine³ and fettuccine?⁴**

細麵和寬麵有什麼不同？

☐ **How big are the portions?**

份量有多大？

☐ **How are vegetables prepared?**

青菜怎麼烹調？

☐ **What is that woman over there having?**

在那邊的女生吃的是什麼？

Word list

■ **Marsala** [mɑr`sɑlɑ] *n.* 義大利產的烈性甜酒
2 **primavera** [ˌprimə`vɛrə] *n.* 唐奈氏美洲掌葉
3 **linguine** [lɪŋ`gwini] *n.* （義大利）扁麵條
4 **fettuccine** [ˌfɛtə`tʃini] *n.* （義大利）寬麵條

Part 3 點餐

點餐的特別要求

☐ Could I have soup instead of salad?

我的沙拉可以換成湯嗎？

☐ Can I substitute[1] fries for the baked potato?

我的烤洋芋可以換成薯條嗎？

☐ Could I have the vegetables sautéed[2] instead of boiled?

我的青菜可以用炒的，不要用煮的嗎？

☐ Not too spicy, please.

請不要太辣。

☐ Could you go a little easy on[3] the salt, please?

請你鹽少放一點好嗎？

☐ We're in a big hurry. Is there any way you could put a rush on that?

我們趕時間。你有辦法可以快一點嗎？

Word list

1 substitute [ˋsʌbstə͵tut] v. 用⋯⋯代替

2 sauté [soˋte] v. 炒

3 go (a little) easy on 少放

33 點開胃菜

□ **Can I get you something to start with?**
要一些開胃的東西嗎？

□ **Can I start you off with an appetizer?**[1]
要先點開胃菜嗎？

□ **Would you like a salad or some soup to start with?**
您想先點沙拉或是湯嗎？

□ **The cheese fingers are really, really good.**
起司條真的非常非常好吃。

□ **Would you care for an appetizer this evening?**
今晚想先來點開胃菜嗎？

□ **I'm sorry. We're out of nachos.**[2]
抱歉，墨西哥玉米脆片已經賣完了。

Word list
1 appetizer [`æpə.taɪzə] *n.* 開胃菜
2 nacho [`natʃo] *n.* 墨西哥玉米脆片（玉米片包著餡料或沾醬一起吃）

點開胃菜

☐ **I'm going to start with the** shrimp cocktail.
我先點明蝦沙拉。

☐ **We're going share an order of** buffalo wings.
我們要合點一份紐約辣雞翅。

☐ **We'll have the** crab cakes **to start.**
我們先點蟹餅。

☐ **How big is the** stuffed[1] mushroom **platter?**[2]
釀蘑菇有多大盤？

☐ **Do you have some kind of sampler plate?**[3]
你們有拼盤之類的嗎？

☐ **No, thanks.**
不了，謝謝。

Word list
　■ stuffed [`stʌft] *adj.* 裝填了東西的
　■ platter [`plætɚ] *n.* 大盤子
　■ sampler plate [`sæmplɚ`plet] *n.* 拼盤（將幾種菜色組成拼盤，供客人選用）

湯

☐ Would you like soup or salad with that?

您要搭配個湯還是沙拉嗎？

☐ Our soup today [Our soup du jour¹...] is French onion.

我們的「每日例湯」是法式洋蔥湯。

☐ Would you like a cup or a bowl?

您要一杯或一碗？

沙拉

☐ Would you like a salad to go with your sandwich?

想點份沙拉來搭配三明治嗎？

☐ What kind of dressing would you like on your salad?

您的沙拉要配哪種醬料？

☐ We have French, Italian, Thousand Island, and ranch.²

我們有法式醬、義大利醬、千島醬和田園沙拉醬。

Word list

1 du jour [də`ʒʊr] *adj.* 每日的；當時的

2 ranch [ræntʃ] *n.* 田園沙拉醬

點湯和沙拉

> 相關查詢 160 和 161：湯和沙拉的字彙介紹。你可以在那裡找到更多選擇。

湯

☐ **What kind of soup do you have?**
你們有什麼湯？

☐ **Does the soup come with bread?**
湯有附麵包嗎？

☐ **I'll have the cream of mushroom.**
我要點奶油蘑菇湯。

沙拉

☐ **Could I just get a small dinner salad?**
我可以點小份的晚餐沙拉嗎？

☐ **I'll have salad with French, please.**
我要搭配法式醬的沙拉，麻煩你。

☐ **I'll have a salad with Thousand Island on the side, please.**
我的沙拉要搭配千島醬，醬放在旁邊就好，麻煩你。

37 點主菜

注意，entrée 在美式英文中指的是「主菜」；在英式英文中指的是「前菜」。

□ **We'll start with the lady.**
女士優先。

□ **And for you, sir?**
先生您呢？

□ **How would you like your potatoes? Mashed,[1] baked, or fried?**
您的洋芋要怎麼烹調？洋芋泥、烤洋芋還是炸洋芋？

□ **Would you like soup or salad with that?**
您要搭配湯或沙拉嗎？

□ **That comes with either rice pilaf[2] or a baked potato.**
這道菜搭配炒飯或烤洋芋。

□ **Would you like something to drink with that?**
您要搭配個飲料嗎？

□ **The duck takes about 25 minutes to prepare. Is that OK?**
鴨肉需要 25 分鐘的料理時間，可以嗎？

Word list
1 mashed [mæʃt] *adj.* 搗成泥狀的
2 pilaf [pɪ`lɑf] *n.* 西式（炒）飯

38 點主菜

如果你知道你有多種選擇（如：湯、沙拉、沙拉醬、麵包種類等），一次點完全部的東西，服務生就不須發問許多次，參見最後兩個例子。 相關查詢 32：餐點的特別要求。

簡單的方式

☐ I'll have the baby back ribs, please.

我要豬背肋排，麻煩你。

☐ I'd like the prime rib, please.

我想要上等牛肋排，麻煩你。

☐ I'm going to go with the double chili cheeseburger.

我想要雙層辣味起司堡。

整套的方式

☐ I'll have the New York steak, medium,[1] with the baked potato and salad with Thousand Island.

我要點紐約牛排，五分熟，搭配烤洋芋、千島醬沙拉。

☐ I'll have the soup and salad combo[2] with tomato soup ... and a roast beef sandwich on rye[3] ... and the potato salad, please.

麻煩你，我想點湯和沙拉套餐，湯要蕃茄湯……還要烤牛肉全麥三明治，以及洋芋沙拉。

Word list
[1] medium [`midɪəm] *adj.* 五分熟的
[2] combo [`kɑmbo] *n.* 套餐
[3] rye [raɪ] *n.* 黑麥；裸麥

39 烹調方式

在有些餐廳，你可以選擇食物的烹調方式。

☐ **Would you like the salmon pan-fried or grilled?**[1]
您希望鮭魚用大火煎還是用烤的？

☐ **Would you like to have the sea bass**[2] **poached**[3] **or sautéed?**
您的海鱸魚要用水煮還是用煎的？

☐ **The shark filets**[4] **are marinated**[5] **in lemon juice and then broiled.**[6]
鯊魚排先用檸檬汁醃過，然後再烤。

☐ **The steaks come with a baked potato, but the roast beef is served with stewed potatoes.**
牛排搭配烤洋芋，但烤牛肉是搭配燉洋芋。

☐ **The carrots are blanched**[7] **and then stir-fried.**
胡蘿蔔先用水川燙過再炒。

Part 3

點

餐

Word list

1 grill [grɪl] *v.* 烤
2 bass [bæs] *n.* 鱸魚
3 poach [potʃ] *v.* 水煮
4 filet [`fɪlɪt] *n.* 切片

5 marinate [`mærɪˌnet] *v.* 用滷汁醃泡
6 broil [brɔɪl] *v.* 烤
7 blanch [blæntʃ] *v.* 用水很快地燙過

40 烹調方式

詢問服務生某項食材如何烹調，是餐廳裡最常見的對話之一。如果你希望你的餐點以特定的方式烹調，別客氣，儘管要求。

□ **Are the** lamb chops roasted **or** braised?[1]

小羊排是烤的或煮的？

□ **Is the** fish breaded[2] **before it's** sautéed?

魚會先裹上麵包粉後再嫩煎嗎？

□ **Do you have any** chicken dishes **that aren't** deep-fried?

你們哪一道雞肉不是油炸的？

□ **Could I have the** broccoli[3] steamed **instead of** boiled, please?

我的綠花椰菜可以用蒸的、不要用煮的嗎？

□ **I'd like to have** poached eggs **instead of** fried. **Is that OK?**

我點的蛋要用煮的、不要煎的，可以嗎？

Word list
1 braise [brez] v. 燉；蒸；燜
2 bread [brɛd] v. 在……塗麵包粉
3 broccoli [ˋbrɑkəlɪ] n. 綠花椰菜

點牛肉

□ How would you like your steak?

您的牛排要幾分熟？

□ How would you like that?

您要幾分熟？

□ How would you like that prepared?

您希望怎麼烹調呢？

□ How would you like your burger cooked?

您的牛肉堡要如何烹調？

Part
3

點

餐

42 點牛肉

> 點牛肉時，一定得先學會幾分熟的說法：rare 三分；medium-rare 四分；medium 五分；medium-well 七分；well (-done) 全熟。**相關查詢** 163：牛排的種類。

☐ **I'd like the T-bone steak, rare.**

我要丁骨牛排，三分熟。

☐ **I'll have the rib-eye,¹ medium-rare.**

我要肋眼牛排，四分熟。

☐ **I'm going to have the filet mignon.² Medium, please.**

我要菲力牛排，五分熟，麻煩你。

☐ **I'll try the porterhouse,³ medium-well.**

我想試試上等腰肉牛排，七分熟。

☐ **I'm going to get the New York strip. Please make sure it's well-done.**

我要紐約牛排。請務必要全熟。

Word list

1 rib-eye [ˋrɪbˌaɪ] *n.* 肋眼（小牛等肋骨外側的大肉片）

2 mignon [ˋmɪnjɑn] *n.* 里脊肉

3 porterhouse [ˋportɚˌhaʊs] *n.* 包含丁骨的腰肉牛排

☐ **Would you like something to drink with that?**
要點什麼飲料來搭配嗎？

☐ **We have** Coke, Diet Coke, Sprite, root beer, **and** lemonade.[1]
我們有可樂、健怡可樂、雪碧、沙士和檸檬水。

☐ **Would you like** orange juice, apple juice, **or** grape juice?
要來點柳橙汁、蘋果汁或葡萄汁嗎？

☐ **Would you like** Evian **or just** regular drinking water?
您想要愛維養礦泉水或一般的開水就好？

☐ **I'm sorry, we don't have** Pepsi. **Is** Coke **OK?**
很抱歉，我們沒有百事可樂。可口可樂可以嗎？

Word list　**1** lemonade [ˌlɛmənˈed] *n.* 檸檬水

44 點不含酒精的飲料

CD1 24

在大多數餐廳，開水都是主動供應。在有些高檔的餐廳，如果你點開水，他們會給你瓶裝水（如：Perrier「沛綠雅」或 Evian「愛維養」）。

☐ **What kind of soft drinks do you have?**

你們有哪幾種不含酒精的飲料？

☐ **Do you have grapefruit juice?**

你們有葡萄柚汁嗎？

☐ **Is the orange juice fresh-squeezed?[1]**

柳橙汁是現榨的嗎？

☐ **How big is your large Coke?**

你們的大杯可樂有多大？

☐ **I'll have a small orange juice, please.**

請給我小杯柳橙汁。

☐ **I'll have a ginger ale.[2]**

我要一杯薑汁汽水。

☐ **Could I have a lemonade with no ice, please.**

請給我一杯檸檬水，不加冰。

Word
list
1 fresh-squeezed [`frɛʃ.skwizd] *adj.* 現榨的
2 ginger ale [`dʒɪndʒɚ.el] *n.* 薑汁汽水

點葡萄酒

☐ **Would you like to see the wine list?**
您想看看酒單嗎？

☐ **We have wine by the glass, carafe,[1] or bottle.**
我們的酒有用杯裝、開口瓶裝或是一整瓶的。

☐ **A Chardonnay[2] would go well with the fish.**
Chardonnay 白酒適合搭配魚。

☐ **I think our Pinot Noir[3] would go nicely with your steak.**
我想加州 Pinot Noir 紅酒應該很適合您點的牛排。

☐ **I'd recommend a California Chardonnay.**
我會推薦加州 Chardonnay 白酒。

☐ **Our house wine is a very nice Merlot.[4]**
我們的招牌酒是非常好的 Merlot 紅酒。

Word list

1 carafe [kəˋræf] *n.* （玻璃製的）飲料瓶
2 Chardonnay [ˌʃɑrdəˋne] *n.* 夏敦埃酒（辣味的開胃白酒）
3 Pinot Noir [ˋpinoˋnowə] *n.* 黑比諾（紅葡萄酒的一種）
4 Merlot [məˋlo] *n.* 默爾樂（紅葡萄酒的一種）

Part 3

點

餐

點葡萄酒

要從讓人難以理解的 20 種酒、6 個國家、不同釀酒年份、各種價格中挑選酒類，是件讓人怯步的事。但選擇你知道的酒類，就不會有問題。相關查詢 187：葡萄酒的種類。

☐ Could I see the wine list, please?

請給我看看酒單好嗎？

☐ What's your house wine?

你們的招牌酒是什麼？

☐ How is the house wine?

招牌酒如何呢？

☐ Do you serve wine by the glass?

你們的酒是以杯子供應的嗎？

☐ I'm having the roast duck. What do you recommend?

我點了烤鴨。你推薦什麼酒？

□ Did you save any room for dessert?
您還吃得下甜點嗎？

□ Would you care for dessert?
您想吃些甜點嗎？

□ Would you like to see the menu again?
您想再看看菜單嗎？

□ Would you like to see the dessert tray[1] (menu)?
您想看看甜點盤（菜單）嗎？

□ How about some chocolate mousse?
來點巧克力慕斯如何？

□ Would you like to have that pie warmed up?
您的派要加熱嗎？

Word
list
■ tray [tre] n. 盤

48 點甜點

CD1 26

相關查詢 180-183：甜點的種類。

☐ Excuse me. Can we see the dessert menu, please?

抱歉，請給我們甜點的選單好嗎？

☐ I think I'm going to go for the apple pie à la mode.[1]

我想要冰淇淋蘋果派。

☐ What kind of ice cream do you have?

你們有哪一種冰淇淋？

☐ Could you warm up the pie for me?

你可以幫我把派加熱嗎？

☐ Does that come with whipped cream?

那是搭配鮮奶油嗎？

☐ I wish I could, but I'm full.

我希望我吃得下，但我已經飽了。

☐ I'm sorry. I ordered a fruitcake earlier, but I'd like to cancel it.

抱歉。我先前點了一個水果蛋糕，但我想取消。

Word
list

1 à la mode [ˌɑ lə`mod] *adj.* 加冰淇淋的

49 點咖啡

美國餐廳幾乎都可以續杯，通常會主動提供，其他國家的狀況可能就不同。餐廳裡比較難找到的是冰咖啡，但咖啡店會供應。

詢問顧客要哪種咖啡

☐ Regular or decaf?[1]

一般或無咖啡因？

☐ Would you like cream and sugar with that?

您要加奶精和糖嗎？

☐ How do you take your coffee?

您的咖啡要不要加東西？

續杯

☐ More coffee?

再來點咖啡？

☐ Would you like a refill?[2]

您要續杯嗎？

☐ Can I warm that up for you?

我幫您加熱好嗎？

Word list

1 decaf [di`kæf] *adj.* 無咖啡因的
2 refill [ri`fil] *n.* 續杯

50 點咖啡

相關查詢 184：咖啡的種類。

☐ I'd like some coffee.
我想喝杯咖啡。

☐ I'll have a decaf.
我要無咖啡因的咖啡。

☐ I take it black.
我要黑咖啡。

☐ Cream and sugar, please.
請加奶精和糖。

☐ Are there free refills on the coffee?
咖啡可以免費續杯嗎？

☐ Could I get a refill, please?
可以幫我續杯嗎，麻煩你？

☐ **Would you like** Earl Grey,[1] Darjeeling, oolong, **or** green tea?
您要伯爵茶、大吉嶺紅茶、烏龍茶或綠茶？

☐ **We have** chamomile,[2] peppermint,[3] jasmine, **and** orange.
我們有甘菊、薄荷、茉莉和柳橙茶。

☐ **Would you like your tea hot or iced?**
您的茶要熱的還是冰的？

☐ **Do you take milk and sugar with your tea?**
您的茶要加牛奶和糖嗎？

☐ **Could I get you some more hot water for your tea?**
需要幫您的茶加些熱水嗎？

Part 3 點餐

Word list

1 Earl Grey [`ɝl`gre] *n.* 伯爵茶
2 chamomile [`kæmə,maɪl] *n.* 甘菊

3 peppermint [`pɛpə,mɪnt] *n.* 辣薄荷

52 點茶

Ice tea 和 iced tea 指的都是「冰茶」。可挑你習慣的使用。

詢問

☐ **What kind of tea do you have?**

你們有哪些茶？

☐ **Do you have herbal tea?**

你們有花草茶嗎？

點茶

☐ **I'd like a hot tea, decaf please.**

請給我熱茶，無咖啡因的。

☐ **I'd like a cup of Earl Grey.**

我要一杯伯爵茶。

☐ **Could I get a slice of lemon, please?**

請給我一片檸檬好嗎？

☐ **Can I have some more hot water, please?**

請再幫我加些熱水好嗎？

服務生通常都會為顧客複述點餐的內容，以避免弄錯。

☐ Let me repeat your order ...

讓我重複一次您點的餐……

☐ OK, so that's ...

好的，所以是……

☐ Let me make sure I've got that right. You had ...

讓我確認我沒記錯。您點了……

☐ Let me make sure that I got everything. That was two ...

讓我確認我都記下了。兩份……

點餐之後

□ OK, thank you very much.

好，非常謝謝您。

□ Thank you. I'll be right back with your salads.

謝謝您。我馬上送上您的沙拉。

□ I'll bring your drinks over in just a minute.

我等一下就會送上您的飲料。

□ Got it. Let me know if there's anything else I can get for you.

了解。如果還需要什麼，請告訴我。

□ Thank you. If you need anything, just holler.[1]

謝謝您。如果您還有其他需要，再叫我。

Word list **1** holler [ˋhɑlə] v. 呼叫；喊

☐ I'd like to get something to go. Is that OK?
我想外帶，可以嗎？

☐ Do you have take-out?[1]
可以外帶嗎？

☐ Could we get something to go?
我們可以點些東西外帶嗎？

☐ Do you deliver?
你們有外送嗎？

☐ Could I order something now and come back later to pick it up?
我可以現在點餐，稍後再回來拿嗎？

☐ I'll take the special, a side order of baked beans, and a medium Coke.
我要外帶一客特餐、加點一份烤豆子和中杯可樂。

Word list **1** take-out [`tek‚aut] *n.* 外帶的食物

點餐外帶

□ I'm sorry. We don't have take-out.

很抱歉，我們沒有外帶。

□ I'm sorry. We don't deliver, but you're welcome to pick something up to go.

很抱歉。我們不外送，但歡迎您親自來外帶。

□ Take-out is no problem. What would you like?

外帶沒有問題。您要點什麼？

□ We have a 5% service charge for take away orders.

我們的外帶餐點要加 5% 的服務費。

□ Mr. Chen, thanks for waiting. Your order is ready.

陳先生，謝謝您等候。您的餐點已經好了。

用餐

□ Filet mignon, **medium.**
菲力牛排，五分熟。

□ **Who had the** Dover sole?[1]
哪位點了多佛比目魚？

□ **Here's your** lasagna.[2]
這是您的義大利寬麵。

□ **Careful, the plate is hot.**
請小心，盤子很燙。

□ **The** sauce **is for the** duck.
這醬料是沾鴨肉的。

Word
list

1 Dover sole [ˋdovɚˏsol] *n.* 多佛比目魚

2 lasagna [ləˋzænjə] *n.* 義大利式滷汁麵條

58 上菜之後

☐ **I'll be right back with your rice.**
我馬上為您送飯來。

☐ **Anything else I can get for you?**
您還需要什麼？

☐ **OK. Are you guys all set?**
好的，各位的餐都齊了嗎？

☐ **Need anything else? Some ketchup? Or Tabasco?[1]**
還需要其他什麼嗎？蕃茄醬？塔巴斯可辣醬？

☐ **OK. Enjoy your dinner.**
好，請享用您的晚餐。

Word list　**1** Tabasco [təˋbæsko] *n.* 塔巴斯可辣醬

□ **Oh, wow!**

喔,哇!

□ **Mmm. That looks great.**

嗯,看起來很棒。

□ **That smells wonderful.**

聞起來好香。

□ **Oooh, yours looks good.**

喔,你的看起來很棒。

□ **Wanna trade?**

想交換嗎?

□ **I'm going to need some help finishing this.**

我得有人幫我才吃得完。

60 開動

☐ **Bon appétit!**[1]

用餐愉快！

☐ **Dig in!**

開動！

☐ **Well, what are we waiting for?**

好啦，我們還等什麼呢？

☐ **Go ahead. Don't wait for me!**

請用，別等我！

☐ **You'd better start before it gets cold.**

你最好開始吃，免得涼了。

☐ **Hurry up. It's no good when it's cold.**

快點，冷了就不好吃了。

☐ **I'm sorry. I'm starving. I'm going to start first.**

很抱歉，我餓壞了，我先開動了。

Word list **1** bon appétit [ˈbɔnˌɑpɛgɪt] 用餐愉快

確認

在用餐的過程中,服務生通常會回到桌邊,確認是否一切沒問題,並詢問顧客是否還需要什麼。真誠度與次數是顧客在給小費時的考量。

☐ **How is everything?**

東西都還好嗎?

☐ **Is everything all right here?**

東西都沒問題吧?

☐ **How is everyone doing over here?**

各位在這裡還好嗎?

☐ **How's your fish?**

你點的魚如何?

☐ **Can I get you anything?**

需要我幫您拿些什麼嗎?

☐ **OK. Let me know if you need anything.**

好的,如果您需要什麼,請告訴我一聲。

向朋友確認

☐ **How's the** steak?
牛排如何？

☐ **How do you like the** curry?
你覺得咖哩如何？

☐ **Is your** chicken **any good?**
你的雞肉好吃嗎？

☐ **Hey, you're not eating your** cauliflower.[1]
嘿，你沒吃花椰菜。

☐ **Are you still hungry? Want to order something else?**
你還餓嗎？要再點別的東西嗎？

Word list **1** cauliflower [ˈkɔlə͵flauə] *n.* 花椰菜

☐ **Want to try some of my soup?**

想試試我的湯嗎？

☐ **There's no way I'm going to be able to finish all this. You want some?**

我不可能全部吃完。你要來一些嗎？

☐ **This is huge! You want to split[1] this with me?**

太多了！你要分一些嗎？

☐ **Help yourself to the fries, OK?**

這些薯條大家一起吃，好嗎？

☐ **Could you give me a hand with this chicken?**

你可以幫我吃點雞肉嗎？

☐ **Hey, do you want to split a beer or something?**

嘿，我們來分一瓶啤酒或其他飲料好嗎？

Word
list
1 split [splɪt] *v.* 分攤；分享

分享食物：要求

☐ **Can I try a bite of your lamb?**
我可以嚐一口你的羊肉嗎？

☐ **Are you really going to eat all that?**
你真的要全部吃完嗎？

☐ **Are you going to finish your fish?**
你要吃完你的魚嗎？

☐ **You're not going to eat your salad?**
你不吃你的沙拉嗎？

☐ **Look at that!** [Then point behind your friend and steal a french fry.]
看那裡！【指著朋友的背後，然後偷吃一根他的薯條】

☐ **Excuse me. Could we have an extra plate, please?**
不好意思，可以再給我們一個盤子嗎？

眼神接觸最好；揮手次之。如果這些都不管用，就只好說： Excuse me.「對不起。」。
大喊： Waiter / Waitress「服務生」會顯得粗魯、不適當。

☐ **Excuse me.**

對不起。

66 請服務生提供「更多」

☐ Could I have some more bread, please?

請再給我一些麵包好嗎？

☐ Can I have a refill, please?

請幫我續杯好嗎？

☐ We need some more water, please.

我們還要開水，麻煩你。

☐ Could we get some more napkins,¹ please?

請再給我們一些餐巾紙好嗎？

☐ Could I get another beer, please?

請再給我一瓶啤酒好嗎？

☐ Excuse me, I need another toothpick,² please.

抱歉，我需要另一根牙籤。

Word
list
1 napkin [ˋnæpkɪn] *n.* 餐巾
2 toothpick [ˋtuθˏpɪk] *n.* 牙籤

67 用餐太慢時

正面

☐ Take your time.

慢慢來。

☐ Don't rush. We've got plenty of time.

不用急。我們有的是時間。

☐ Just relax and enjoy the meal.

儘管放輕鬆、享受這些食物吧。

負面

☐ We're going to be here all night.

我們今晚都要耗在這裡了。

☐ Are you still working on that steak?

你還在吃那塊牛排嗎?

☐ If you're just going to poke[1] at your food, we might as well go.

如果你光是在戳你的食物而不去吃它,我們乾脆走吧。

Word list **1** poke [pok] *v.* 刺;戳

68 用餐太快時

正面

☐ Wow, you're really scarfing[1] down those onion rings.

哇，你根本是囫圇吞下這些洋蔥圈。

☐ I'm going to wolf[2] this burger down in three bites.

我要在三口內吞下這個漢堡。

☐ Man, you just inhaled[3] that tiramisu.

老天，你一口吞下那個提拉米蘇。

負面

☐ Hey, take it easy there.

嘿，慢慢來。

☐ You're going to choke on something if you keep eating like that.

如果你這樣吃東西，一定會噎到。

☐ Slow down, would you? You're just asking for a stomachache.

你吃慢點好嗎？你這樣會胃痛的。

Word list

[1] scarf [skɑrf] v. 急忙地吃

[2] wolf [wʊlf] v. 狼吞虎嚥

[3] inhale [ɪn`hel] v. 狼吞虎嚥；吸入

有人來電

☐ Sorry about that. I forgot to turn my phone off.

抱歉，我忘了把電話關掉。

☐ Excuse me. I've got a call.

抱歉，我要接通電話。

☐ Would you excuse me for a minute. I've got to make a quick call.

抱歉，我要離開一下下，得趕快去打通電話。

上洗手間

☐ Excuse me.

抱歉。

☐ Excuse me. I'm going to the restroom.

抱歉，我要上洗手間。

☐ Where's the restroom?

洗手間在哪兒？

指示方向

下列的用語都在回答這個問題： Where's the restroom?「洗手間在哪兒？」

☐ Right this way.
就在這邊。

☐ Just follow me.
跟我來。

☐ It's just down the hall on your left.
走道直走，在你的左邊。

☐ The restroom is just on the other side of the bar.
洗手間就在吧台的另一邊。

☐ The restrooms are downstairs near the entrance.
洗手間在樓下靠近入口的地方。

☐ The restroom is in back. Here's a key.
洗手間在後面，這是鑰匙。

☐ **I didn't know the** fried chicken **would be so salty.**

我不知道炸雞會這麼鹹。

☐ **I'll have a bite of your** muffin[1] **if it isn't too sweet.**

如果你的鬆糕不太甜的話，我要吃一口。

☐ **Actually, I like my** eggs **a little bland.[2]**

其實，我喜歡蛋能清淡一點。

☐ **I don't care for** beer. **It's just too bitter for me.**

我不喜歡啤酒，我覺得太苦了。

☐ **The** lemonade **didn't really taste sour, but it was a little tart.[3]**

這檸檬水不會很酸，可是有點澀。

☐ **No, the** salsa **isn't temperature hot — it's spicy hot.**

這莎莎醬不是燙——是辣。

Word list
　1 muffin [ˋmʌfɪn] *n.* 鬆糕
　2 bland [blænd] *adj.* 味道淡一點；溫和的
　3 tart [tɑrt] *adj.* 不會太強烈的酸；澀

形容食物：其他味道 CD1 38

□ **The sauce is really rich[1] and creamy.[2]**
這醬料很濃郁、奶油很多。

□ **The gazpacho[3] was a little tangy.[4]**
這西班牙涼菜湯的味道有點重。

□ **The barbecue sauce was delicious — very savory![5]**
這烤肉醬很好吃——味道很香。

□ **The soup tasted a little fishy.[6] I don't think it was fresh.**
這湯喝起來怪怪的。我想可能不太新鮮。

□ **The tomatoes were ripe, but the rest of the salad wasn't very fresh.**
這個蕃茄很熟，但沙拉的其他食材並不是很新鮮。

□ **The strawberry ice cream is really fruity.[7]**
這個草莓冰淇淋很有水果味。

Word list

1 rich [rɪtʃ] *adj.* 濃郁的

2 creamy [ˋkrimɪ] *adj.* 多乳脂的

3 gazpacho [gəzˋpɑtʃo] *n.* 西班牙蔬菜冷湯

4 tangy [ˋtæŋɪ] *adj.* 味道〔氣味〕強烈的

5 savory [ˋsevərɪ] *adj.* 有香味的

6 fishy [ˋfɪʃɪ] *adj.* 有腥味的；有怪味的

7 fruity [ˋfrutɪ] *adj.* 有水果味道的

73 形容食物：基本口感

☐ The vegetables were cooked to perfection — not too soft, not too crunchy.[1]

蔬菜煮得剛剛好，不會太軟、也不會太硬。

☐ My burger is so juicy that it's making the bun soggy.[2]

我的漢堡汁很多，麵包都吸滿了湯汁。

☐ This chicken is great. The skin is nice and crispy[3] and the meat is moist[4] and tender.[5]

雞肉很棒。皮又棒又脆、肉多汁香嫩。

☐ The sauce is really good, so it's too bad my steak is so tough.

醬汁真的很棒，可惜我的牛排太硬了。

☐ Mmm! The noodles are really springy.[6]

嗯，麵好Q。

Word list

1 crunchy [ˈkrʌntʃɪ] *adj.* 鬆脆的

2 soggy [ˈsɑgɪ] *adj.* 濕透的；浸水的

3 crispy [ˈkrɪspɪ] *adj.* 脆的；酥的

4 moist [mɔɪst] *adj.* 有水份的

5 tender [ˈtɛndə] *adj.* 嫩的；軟的

6 springy [ˈsprɪŋɪ] *adj.* 有彈性的

形容食物：其他口感

CD1 39

☐ You should probably stay away from the squid[1] here — it's really chewy.[2] But the shrimp is pretty succulent.[3]

你最好別碰花枝──很難嚼碎，但蝦子真的很多汁。

☐ They've got this great peanut butter, honey, and raisin sandwich here — but it's really sticky.[4]

他們這裡有很棒的花生醬、蜂蜜和葡萄乾三明治──但實在太黏了。

☐ You've got to try the cherry pie! The crust[5] is nice and flaky[6] and the filling is super gooey.[7]

你一定要試試櫻桃派！派皮很棒、很酥，餡非常黏稠。

☐ I like greasy bacon, but this is a little too greasy.

我喜歡油脂多一點的培根，但這個有點太油了。

Word List

1 squid [skwɪd] *n.* 烏賊；花枝

2 chewy [ˋtʃuɪ] *adj.* 不易咬碎的；需咀嚼的

3 succulent [ˋsʌkjələnt] *adj.* 多水份的

4 sticky [ˋstɪkɪ] *adj.* 有黏性的

5 crust [krʌst] *n.* 餡餅皮

6 flaky [ˋflekɪ] *adj.* 酥的；易剝落的

7 gooey [ˋguɪ] *adj.* 甜膩的；黏的

75、76 的所有句子，都是在回答這個問題： How was your meal?「你的餐點如何？」

☐ **I can't complain.**

沒啥可抱怨的。

☐ **I thought it was passable.**[1]

我想還過得去。

☐ **I've definitely had worse.**

我吃過更糟的。

☐ **Not bad. Not bad at all.**

不賴。真的不賴。

☐ **I thought everything was pretty good.**

我覺得每樣東西都非常好。

☐ **That really hit the spot.**[2]

那正對我的胃口。

Part
4

用

餐

Word
list

1 passable [`pæsəbl] *adj.* 過得去的

2 hit the spot 正合要求；恰到好處

76 評論餐點：非常滿意

CD1 40

諸如 appetizing「開胃的」、 tantalizing「誘人的」在菜單和餐廳評論中很常見到。但這些形容詞有點誇張，用在日常對話實在很「欠揍」。請選擇使用下列用語。

☐ **The duck was really really good.**

鴨肉真的非常非常好吃。

☐ **It was delicious!**

很好吃！

☐ **I couldn't get enough of their pot stickers.[1]**

他們的鍋貼，我百吃不厭。

☐ **I loved the omelet.[2]**

我愛這個煎蛋餅。

☐ **My favorite was the chowder.[3]**

我最喜歡的是巧達湯。

☐ **Everything was great, but I liked the veggie[4] lasagna the best.**

每樣都很棒，不過我最喜歡蔬菜千層麵。

Word list

1 pot sticker [ˋpɑtˋstɪkə] *n.* 鍋貼

2 omelet [ˋɑmlɪt] *n.* 煎蛋捲

3 chowder [ˋtʃaudə] *n.* 巧達湯（把鹹豬肉、蔬菜等加入魚貝類等熬成的羹湯）

4 veggie [ˋvɛdʒi] *n.* 蔬菜（vegetable 的縮字）

77 評論餐點：不滿意

下列的用語都是在回答這個問題： How was your meal?「您的餐點如何？」。註：
taste like chicken「嚐起來像雞肉」是很常見、帶點幽默的負面形容。

☐ **I didn't care for the fish.**

我不喜歡那道魚。

☐ **The beef was a little overcooked.**

牛肉煮得有點太老了。

☐ **The vegetables were undercooked.**

蔬菜煮得不夠熟。

☐ **The meat was flavorless.**

肉沒味道。

☐ **For Korean food, it was pretty bland.**

就韓國菜來說，這味道太淡了。

☐ **I thought everything was just way too oily and a little too salty.**

我覺得每樣東西都太油又有點鹹。

☐ **I thought the alligator[1] steak tasted like chicken.[2]**

我覺得鱷魚排吃起來很普通。

Word list
1 alligator [ˋælə͵getə] *n.* 鱷魚
2 taste like chicken 用來指食物味道差強人意，並非指嚐起來像雞肉

評論餐點：非常不滿意

好的餐廳會樂意接受誠實的批評，而不是虛偽的讚美。

☐ To be honest, I've had better.

老實說，我吃過更好吃的。

☐ I can cook better than that.

我煮的都比這個好。

☐ The soup was disgusting and the bread was moldy!¹ I want a refund.

湯很難吃、麵包發霉！我要退錢。

☐ The salad greens were wilted² and I think the chicken might've been rancid.³

沙拉的青菜都黃了，我想雞肉可能也腐壞了。

☐ The whole meal was barely palatable.⁴ A waste of a good cow.

整套餐點一點都不好吃，糟蹋了一隻好牛。

☐ The escargot⁵ was so gross!⁶ Yuck!⁷

那道蝸牛真的很噁心！噁！

Word list

1 moldy [`moldɪ] *adj.* 有霉味的

2 wilted [`wɪltɪd] *adj.* 枯萎的

3 rancid [`rænsɪd] *adj.* 有惡臭的；腐敗的

4 palatable [`pælətəbl] *adj.* 不錯吃的

5 escargot [ˌɛskɑr`go] *n.* 食用蝸牛

6 gross [gros] *adj.* 粗劣的；差的

7 yuck [jʌk] *interj.* 表示厭惡的聲音

正面

☐ **The service is excellent.**

服務很棒。

☐ **Our server is really attentive,¹ isn't he?**

我們的服務生真的很用心,不是嗎?

☐ **They're really on the ball² here.**

他們真的很專業。

負面

☐ **The service here sucks.**

這裡的服務爛透了。

☐ **I can't believe we had to wait half an hour just to order.**

我不敢相信我們光點菜就等了半小時。

☐ **The waiter is such a snob.³**

這服務生真是個勢利的傢伙。

Word list

1 attentive [ə`tɛntɪv] *adj.* 體貼的;照顧周到的
2 on the ball 專業、能幹的
3 snob [snɑb] *n.* 勢利小人;庸俗的人

Part 4 用 · 餐

評論氣氛和裝潢

第三句中的 the view is amazing ，依語氣的不同也可用來暗指「這裡的食物沒什麼特色」。

正面

☐ I love quiet little hole-in-the-wall[1] places like this.

我喜歡像這樣小小又安靜的地方。

☐ It's packed.[2] This place is really jumping.[3]

這裡擠滿了人。這個地方真是生氣勃勃。

☐ Well, the decor is interesting. And the view is amazing.

嗯，裝潢很有趣，景觀也很棒。

負面

☐ It's so dark I can hardly see what I'm eating.

太暗了，我幾乎看不到我在吃什麼東西。

☐ It's a little noisy, isn't it?

有點吵，不是嗎？

☐ What a dive![4]

真是個低級的餐廳！

Word list

1 hole-in-the-wall [ˋhol ˏɪn ˏðə ˋwɔl] *adj.* 小而樸實的

2 packed [pækt] *adj.* 擠滿人的

3 jumping [ˋdʒʌmpɪŋ] *adj.* 喧鬧的；充滿生氣的

4 dive [daɪv] *n.* 低級的聚會場所

正面

☐ Well, that was a really good deal.
嗯，真的很值得。

☐ I can't believe how reasonable that was.
我不敢相信價錢這麼公道。

☐ It wasn't cheap, but it was worth every penny.
不便宜，不過每一分錢都值得。

負面

☐ The food was good, but I thought it was a little overpriced.[1]
食物很棒，但我覺得有點貴。

☐ That was a rip-off.[2]
簡直是搶錢。

☐ Six dollars for a beer? Come on!
一罐啤酒六美元？少來了！

Word list
[1] overpriced [ˌovɚˈpraɪst] *adj.* 索價過高的
[2] rip-off [ˈrɪpˌɔf] *n.* 搶劫

評論整體的用餐經驗

正面

☐ That was definitely worth the wait.

等待是值得的。

☐ That was a lot better than I'd expected.

比我原先預期的要好太多了。

☐ What a great place. We should bring Mr. Lin here next time.

這地方真棒。我們下次要帶林先生來。

負面

☐ To be honest, I think it was totally overrated.[1]

老實說,我認為這地方浪得虛名。

☐ I'm a little disappointed.

我有點失望。

☐ I don't think I'll be going back there.

我想我不會再上門了。

Word list　[1] overrated [ˌovəˈretɪd] *adj.* 評價過高的

☐ Who's going to eat that last onion ring?

誰要把最後那個洋蔥圈吃掉？

☐ Hey, you're not going to leave that shrimp, are you?

嘿，你不會留下那隻蝦子吧？

☐ Is anyone going to eat the rest of the fries?

有人要把剩下的薯條吃掉嗎？

☐ If nobody wants anymore tofu, I'll finish it off.

如果沒有人還要豆腐，我就把它解決了。

☐ Does anyone want that last buffalo wing?

有人想吃最後那支辣雞翅嗎？

□ Ms. Chang, why don't you have the last kebob?[1]

　張小姐，妳何不把最後的烤肉串吃了？

□ I'll eat the last slice of pizza if you finish the last of the risotto.[2]

　如果你解決最後的燉飯，我就吃掉剩下的那片披薩。

□ Can you help me finish my steak?

　你可以幫我解決我的牛排嗎？

□ C'mon Michelle, I know you can do it.

　加油，米雪兒，我知道妳吃得下。

□ Well, we can't go until somebody finishes the last piece of sushi.

　嗯，除非有人吃掉最後一個壽司，否則我們走不了。

Word list
1 kebob [kə`bab] *n.* 烤肉串
2 risotto [rɪ`sɔto] *n.* 義式燉飯（在米裡加入洋蔥、乾酪、雞肉等燉成的飯）

85 詢問別人是否吃飽

相關查詢 1：表示肚子餓的說法。

☐ **Are you full?**
你吃飽了嗎？

☐ **Are you still hungry?**
你還餓嗎？

☐ **Did you get enough?**
你吃飽了嗎？

☐ **Should we get something else?**
我們還要再點些別的嗎？

☐ **You look pretty full.**
你看起來吃得很飽。

☐ **You look like you're about to fall asleep.**
你看起來快睡著了。

表示你吃飽了

CD1 45

最後三句是幽默式的說法。前二者會引起共餐的英語系人士很大的反應。最後一句則是西班牙文的說法。

☐ **I'm stuffed.¹**

我好撐喔。

☐ **I can't eat another bite.**

我已經一口都吃不下了。

☐ **I can't believe I ate the whole thing.**

我不敢相信我全部吃光了。

☐ **That was a meal and a half!**

那是一份半的餐點！

☐ **Stick² a fork in me. I'm done.**

給我插根叉子吧，我吃飽了。

☐ **Could someone open the door and roll me out of here?**

哪位開個門，把我滾出去吧。

☐ **No mas!**

撐不下了！

Word list
1 stuffed [stʌft] *adj.* 撐飽的
2 stick [stɪk] *v.* 刺；戳

☐ Well, that was great.
嗯，很棒。

☐ I hope you liked it.
我希望你喜歡。

☐ That was pretty good, wasn't it.
真的很不錯，不是嗎？

☐ We'll have to come back here again sometime.
我們以後一定還要再來。

☐ Well, what's next?
好了，接下來呢？

☐ **Do you want to sit for a while, or ...?**

你想再坐一會兒,還是…… ?

☐ **Shall we ...?**

我們是不是該…… ?

☐ **Are you about ready?**

你好了嗎 ?

☐ **Ready to head back?**

準備回去了嗎 ?

☐ **Let's get out of here. What do you say?**

我們走吧,你覺得如何 ?

用餐結束

□ **Take your plate?**
要收走您的盤子嗎？

□ **Let me get that out of your way.**
我幫您把桌子清乾淨。

□ **How was everything?**
一切都還好嗎？

□ **Is there anything else I can get for you tonight?**
今晚還需要我替您拿些什麼嗎？

□ **Would you like a box for that?**
您要個盒子來裝嗎？

□ **Would you like me to wrap[1] that up for you?**
您要我替您打包嗎？

Part
4
用
餐

Word
list ■ wrap [ræp] v. 包；裹

用餐結束

> 從餐廳帶回家的食物，傳統上稱為 doggy bag 。偶爾還是會聽到這個名詞，但大多數人會稱之為 box 。

☐ I'm not finished yet.

我還沒吃完。

☐ Hold on. I'm still working on it.

等一下，我還在吃。

☐ Can we get this to go?

這個可以外帶嗎？

☐ Could we get a box for this?

這個我們可以打包嗎？

☐ Could you wrap this up for us?

可以幫我們把這個打包嗎？

☐ We'd like to take this home.

我們想帶這個回家。

買單

Part 5

買

單

☐ Are you ready for the check?

您要買單了嗎？

☐ I'll take that for you whenever you're ready.

您要離開時，我會替您拿去（結帳）。

☐ You can take that up to the register[1] whenever you're ready.

您要離開時可以拿帳單到收銀處。

☐ Is this all on one bill?

一起買單嗎？

☐ Would you like this on separate checks?

您要分開買單嗎？

Word list ■ register [`rɛdʒɪstə] *n.* 收銀機

向服務生示意買單

如果你想分開付帳，最好在點餐時先告知服務生。這會在你要離開時替你省下一些時間和麻煩。

☐ Could we have the check, please?

請給我們帳單好嗎？

☐ We'd like the bill, please.

請給我們帳單。

☐ We're ready to go.

我們準備要走了。

☐ Do we pay here or at the register?

我們在這裡買單，還是要到櫃台？

☐ Just put it on one bill.

一起算。

☐ Could you give us separate checks?

請替我們分開結帳好嗎？

93 提議付帳

☐ **What's the damage?**[1]
費用是多少？

☐ **This one is on me.**
我來付。

☐ **Let me get this one.**
這次我來付。

☐ **Why don't you get it next time?**
何不下次再由你付？

☐ **Give me that. Don't even think about it!**
給我。想都別想！

☐ **Let's just split it.**
我們各出一半。

Word list　**1** the damage【口語】費用；價錢

示意不想付帳

☐ I'll get the tip.

我來付小費。

☐ I'll get it next time, OK?

下次我付，可以嗎？

☐ I don't think I have enough. Can you get this one?

我想我的錢不夠，這次可以你付帳嗎？

☐ Hey! I just had a salad — you had a steak!

嘿！我只吃了沙拉——你吃了牛排！

☐ Dine and dash[1] — what do you say?

吃飽、落跑——你說如何？

Word list　**1** dine and dash 吃飽後未付帳就離開（吃霸王餐）

感謝對方買單

☐ Thanks a lot. I'll get the next one.

多謝。下次我請。

☐ Next time it's my treat.

下次換我請客。

☐ Thanks for picking up the tab.[1]

謝謝你的招待。

感謝招待這一餐

☐ Thanks for lunch. I really enjoyed it.

謝謝你的午餐。我真的很喜歡。

☐ That was delicious. Thank you so much.

很好吃。非常謝謝你。

☐ Thanks for showing me this place. I'll definitely come back some time.

謝謝你帶我來這個地方。我一定會再來光顧。

Word
list [1] tab [tæb] *n.* 【口語】帳單

回應別人的感謝

☐ You're welcome. I enjoyed it, too.
不客氣。我也很喜歡。

☐ I'm glad you liked it.
我很高興你喜歡。

☐ It was my pleasure.
這是我的榮幸。

☐ Don't mention it.
不客氣。

☐ Any time.
別客氣。

☐ No problem. We'll have to do it again sometime.
沒問題。我們找個時間再來。

☐ Well, you can take me somewhere even nicer next time.
嗯，你下次可以帶我去更好的地方。

97 給小費：問題

相關查詢 附錄 1：國際小費標準。

□ Q₁ : How much do people tip here?

這裡的小費怎麼給？

□ Q₂ : Is the service charge included in the bill?

服務費包含在帳單裡嗎？

□ Q₃ : Can I pay the tip with my credit card?

我可以用信用卡付小費嗎？

□ Q₄ : How big of a tip do you think we should leave?

你想我們要給多少小費？

□ Q₅ : The food was terrible. Do you think we should still leave a tip?

這裡的食物太差了。你認為我們還是要給小費嗎？

給小費：回答

☐ A₁ : Usually 15 to 20 percent. More for great service; less for bad service.

通常是 15% 至 20%。服務好給多一點；服務不好給少一點。

☐ A₂ : I don't think so, but we'd better ask someone to make sure.

我不這麼認為，但我們最好問別人確認一下。

☐ A₃ : Yeah. There's a space on the slip[1] for you to write it in.

可以。單子上有地方可以讓你填。

☐ A₄ : I don't know. What did you think of the service?

我不知道。你覺得服務怎麼樣？

☐ A₅ : I think so. I mean it wasn't the server's fault that the food was bad.

我認為要。我是說，食物不好並不是服務生的問題。

Word
list　[1] slip [slɪp] *n.* 細長的紙

☐ **Thank you so much. How was everything this evening?**

非常謝謝你。今晚一切還好嗎？

☐ **Is this all on one check?**

全部一起算嗎？

☐ **Will this be cash or charge?**

付現或信用卡？

☐ **OK. Your total comes to $44.50.**

好的。總共是 44.50 元。

☐ **Do you need your parking stub¹ validated?²**

您的停車券要蓋章（以證明有效）嗎？

☐ **Thank you. Please come back and see us again.**

謝謝您。歡迎再度光臨。

Word
list

1 stub [stʌb] *n.* 票根

2 validate [`vælə,det] *v.* 使⋯⋯有效

買單

如果身上只有大鈔，許多人會在櫃台拿回找的零錢，再把小費放到桌上。

☐ Do you take JCB?

你們接受 JCB 卡嗎？

☐ Could I get a receipt?

我可以拿收據嗎？

☐ Is the service charge included in the bill?

服務費包含在帳單裡嗎？

☐ Can I have change for a ten?

我可以把十塊錢換成零錢嗎？

☐ Could you give me some ones?

你可以找些一元的零錢給我嗎？

☐ Can you validate my parking?

你可以幫我蓋停車章嗎？

101 帳單有錯

Part 5
買
單

☐ **I think there's a mistake on our bill.**
我想我們的帳單有錯。

☐ **We didn't order the sea urchin.[1]**
我們沒有點海膽。

☐ **Our apple pie never came.**
我們點的蘋果派沒來。

☐ **What's this $14 charge for?**
這 14 美元是什麼的費用？

☐ **The bill looks a little high. Can you double-check it?**
這帳單費用有一點多。你能再確認一次嗎？

☐ **Does this include the service charge?**
這包含服務費嗎？

Word list **1** sea urchin [ˋsiˋɝtʃɪn] *n.* 海膽

付款問題

☐ I think you gave me the wrong change.

我想你找錯錢了。

☐ Um, this is kind of embarrassing, but I left my wallet in the car.

呃，有點尷尬，但我把皮夾留在車上了。

☐ Listen, I'm about $5 short. Can I bring it by tomorrow?

聽著，我少了五塊錢。我可以明天送過來嗎？

你可能會聽到

☐ I'm sorry, sir. Your credit card isn't going through.

很抱歉，先生。您的信用卡不能刷。

☐ Sir, you gave me a ten, not a twenty.

先生，您給我的是十塊錢，不是二十塊錢。

103 特別優惠

☐ **Q₁** : Hi. I have a 20%-off coupon.
嗨，我有八折優待券。

☐ **Q₂** : I'd like to use this gift certificate.
我想用這張禮券。

☐ **Q₃** : Do you have an early-bird[1] discount?
你們早場的顧客有折扣嗎？

☐ **Q₄** : Is there a senior discount?
年長的人有折扣嗎？

☐ **Q₅** : What kind of happy hour specials do you have?
你們有哪種優惠時段的特惠？

Word
list
1 early-bird [`ɝlɪˋbɝd] *adj.* 早晨的；早到的

特別優惠

☐ A₁ : OK, but you really should've showed us your coupon when you placed your order.

好的，但您應該在點菜時就先出示您的優待券。

☐ A₂ : Sure. No problem.

好的，沒問題。

☐ A₃ : We don't have an early-bird special, but our lunch specials are served until 4:00.

我們沒有早場優惠，但我們的午餐特餐一直供應到下午四點。

☐ A₄ : We have a 10% discount for seniors over the age of sixty.

我們對 60 歲以上的長者打九折。

☐ A₅ : All wine and well drinks¹ are two for one until 6:00.

所有一般的酒和飲料在六點前都買一送一。

Word list ■ well drink [ˈwɛlˌdrɪŋk] *n.* 平價雞尾酒

特殊場景

105 常見酒吧問題

Part
6
特
殊
場
景

☐ Do you have table service?[1]
你們有桌邊服務嗎？

☐ Do you have free soft drinks for designated drivers?[2]
你們有免費提供給負責開車者的無酒精飲料嗎？

☐ What's popular here?
這裡最多人點的是什麼？

☐ What do people drink around here?
這邊的人都喝些什麼？

☐ What's in a Manhattan?
曼哈頓裡加了什麼？

☐ Can I start a tab?[3]
可以開始記帳嗎？

Word
list

1 table service *n.* 指服務生到桌邊為顧客點餐的服務

2 designated [ˋdɛzɪɡ͵netɪd] driver *n.* 被指定當司機的人

3 start a tab 通常酒類飲料是按杯付帳，但若顧客預計接下來仍會再點酒，則可採先記帳，最後一次付清的方式

□ **When is happy hour?**

特惠時段是什麼時候？

□ **Is it still happy hour?**

現在還是特惠時段嗎？

□ **Do you have happy hour specials on food, too?**

你們的餐點也有特惠時段嗎？

你可能會聽到 / 看到

□ **Wine, well¹ and draft² are all half-price until 6:00.**

葡萄酒、雞尾酒和生啤酒在六點前都半價。

□ **Domestic draft is $1.50 from 3:00–7:00 Monday through Friday.**

國產生啤酒從周一到周五的三點到七點都是 1.5 美元。

Word list

1 well [wɛl] *n.* 平價的雞尾酒

2 draft [`dræft] *n.* 從桶中汲飲的酒

107 點雞尾酒

CD2 02

吧台酒保有不少種詢問「你要喝什麼」的方式。以下為最常用的 Top 7 句型。下頁有
五個標準的回答。

☐ **What can I get you?**

您要喝點什麼？

☐ **What are you drinking tonight?**

您今晚要喝什麼？

Part
6
特
殊
場
景

☐ **What would you like?**

您想喝什麼？

☐ **What'll it be?**

要什麼？

☐ **What'll you have?**

您要喝什麼？

☐ **Can I get you something to drink?**

要我替您拿點喝的嗎？

☐ **Another?**

再來一杯？

108 點雞尾酒

CD2 02

如果你對酒有特別要求（如：不加冰），點酒的時候就告訴酒保。不用等他們發問，他們會很感激你替他們節省時間。相關查詢 189：雞尾酒的種類。

☐ Could I get a vodka tonic,[1] no ice, please?

請給我一杯伏特加奎寧，不加冰，好嗎？

☐ I'll have a margarita,[2] on the rocks,[3] please.

我要一杯瑪格麗特，加冰塊。

☐ Can I get a whiskey, straight up, please?

請給我威士忌，不加冰塊，好嗎？

☐ I'd like a shot of tequila,[4] please.

請給我一杯龍舌蘭。

☐ A frozen piña colada,[5] please.

請給我蘭姆雪椰。

Word list

1 vodka tonic [ˋvɑdkəˋtɑnɪk] *n.* 伏特加奎寧

2 margarita [ˌmɑrgəˋritə] *n.* 瑪格麗特

3 on the rocks 加冰

4 tequila [təˋkilə] *n.* 龍舌蘭

5 piña colada [ˋpɪnjɑ koˋlɑdə] *n.* 蘭姆雪椰

Part *6* 特殊場景 **145**

109 點啤酒

Part 6 特殊場景

☐ Can I see some ID, please?

我可以看你的身分證嗎？

☐ Beer?

啤酒嗎？

☐ You want that from the tap[1] or do you want a bottle?

您要生啤酒、還是瓶裝的？

☐ For domestic we've got Bud, Michelob, and Coors.

國產啤酒，我們有百威、米奇洛和酷爾斯啤酒。

☐ Yeah, we've got some imports — Corona, Heineken, Guinness ...

是啊，我們有些進口啤酒——可樂娜、海尼根、健力士啤酒。

☐ Imports and microbrews[2] are all $2.50.

進口啤酒和精釀啤酒都是 2.5 美元。

Word list

1 tap [ˋtæp] *n.* （桶等的）栓；活嘴

2 microbrew [ˋmaɪkroˏbru] *n.* （非大量生產的）精釀的酒

點啤酒

CD2 03

詢問

☐ **What kind of beer do you have?**
你們有哪些啤酒？

☐ **What do you have on tap?**
你們有哪些生啤酒？

☐ **Do you have any dark beers on tap?**
你們有桶裝的黑啤酒嗎？

☐ **Do you have Sierra Nevada?**
你們有內華達山脈啤酒嗎？

點酒

☐ **I'll have a Sam Adams.**
我要一杯山姆・亞當斯。

☐ **Can I get an Anchor Steam?**
我可以來一杯蒸汽錨嗎？

☐ **I'd like a pitcher of Miller Lite.**
我要一壺米勒淡啤酒。

提議買單

☐ This one's on me.

這一輪算我的。

☐ I'll get this one.

我來付這一輪。

☐ Let me get this round.

這一輪我請。

希望別人買單

☐ Who's buying?

誰要買單？

☐ Whose round is it?

這一輪算誰的？

☐ Are you just going to sit there or are you going to buy me a drink?

你準備這樣坐著，還是打算請我喝一杯？

付飲料錢

詢問酒保

□ How much is that?

多少錢？

□ Do I pay now or ...?

我現在買單或……？

□ Can I start a tab?

我可以開始記帳嗎？

你可能會聽到

□ That'll be eight dollars.

這樣是 8 塊美元。

□ You have to pay first.

您須先買單。

□ If you want to run a tab, I'll have to swipe your credit card first.

如果您要記帳，我要先替您過卡。

☐ Cheers!

乾杯！

☐ Bottoms up!

乾杯！

☐ I'd like to propose a toast!

我提議乾杯！

☐ To your health.

祝身體健康。

☐ Here's to you.

這杯敬你。

☐ To toast!

為吐司乾一杯！（此句為笑話，取 **toast** 有「乾杯」與「吐司」二義）

☐ Here's mud in your eye!

祝好運！

114 不喝酒／喝過量

不喝酒

☐ No, thanks. I don't drink.
不，謝謝。我不喝酒。

☐ Well, maybe just a sip.[1] But that's it.
好吧，一小口就好。但就這樣了。

☐ I think this is going to be my last one.
我想這是我最後一杯了。

喝過量

☐ I'm a little buzzed.[2]
我有點茫了。

☐ I think you're getting a little drunk.
我想你有點醉了。

☐ I'm plastered.[3]
我醉了。

Word list

1 sip [sɪp] *n.* 一啜；一口

2 buzzed [bʌzd] *adj.*【俚】微醺

3 plastered [ˈplæstəd] *adj.*【俚】醉

□ Could I charge this to my room?
帳可以記到我房間嗎？

□ I'd like to charge this to 1104, please.
我想把這筆帳記到 1104 房，麻煩了。

□ Can I use my breakfast coupon here?
這裡可以使用早餐券嗎？

□ Is it buffet only, or can I order from the menu?
只有自助餐，還是我也可以從菜單點餐？

你可能會聽到

□ Would you like me to charge the bill to your room?
您要我把帳記到您的房間嗎？

□ May I see your room key, please?
我可以看你的房間鑰匙嗎？

□ Good morning. Do you have a breakfast voucher?[1]
早安，您有早餐券嗎？

Word
list
1 voucher [`vautʃə] *n.* 商品優待券

客房服務

你可能會聽到

☐ Hello. Room service. May I help you?

您好，客房服務，需要為您服務嗎？

☐ We'll have your order sent up in twenty minutes.

我們會在 20 分鐘內送上您點的餐點。

點餐

☐ Hi. I'm in 2046. Could you send up a bottle of champagne and some strawberries, please.

嗨，這裡是 2046 房，請你送一瓶香檳和一些草莓來。

☐ I know it's not on the menu, but I was wondering if I could get an order of fried rice.

我知道菜單上沒有，但我想知道是否能點一道炒飯。

☐ I'm not feeling very well. Could I get some hot tea and bread, please?

我覺得不太舒服。可以給我一些熱茶和麵包嗎？

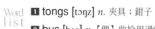
Part
6
特
殊
場
景

☐ Please use the tongs.[1]

請用夾子。

☐ There is a three-hour time limit.

用餐時限為三小時。

☐ Please leave your plates on the table. We'll bus[2] them for you.

請把盤子放在桌上，我們會替您收。

☐ Soft drinks are included in the price, but bottled drinks are extra.

無酒精飲料包含在餐費裡，但瓶裝飲料另計。

☐ Please take what you want to eat! (But please eat what you take.)

請取用您想吃的！（也請吃完您選取的食物）。

☐ Please don't take more than you can eat.

請勿過量取用。

Word
list
1 tongs [tɔŋz] *n.* 夾具；鉗子

2 bus [bʌs] *v.* 【俚】收拾用過的餐具

自助餐：對朋友

☐ **What are you doing eating potato salad? That's such a waste!**
你幹嘛吃馬鈴薯沙拉？真是浪費！

☐ **Mmm. That looks good. Where'd you get it?**
嗯，那看起來很好吃。你在哪裡拿的？

☐ **You should try the roast beef.**
你應該試試烤牛肉。

☐ **It's over there next to the salad bar.**
就在沙拉吧旁邊。

☐ **Could you get me some more coffee while you're up? Thanks!**
你起來拿東西時可以再幫我拿杯咖啡嗎？謝謝！

☐ **I'm going to get some more oysters. You want anything?**
我還要再來一些蠔。你要拿點什麼嗎？

Part
6
特
殊
場
景

☐ What can I get you?

您要吃些什麼？

☐ What do you want on it?

您上面要加什麼？

☐ You want it with everything?

您每樣都要加嗎？

☐ Is mayonnaise[1] OK?

要加美乃滋嗎？

☐ You want fries or chips with that?

您要搭配薯條或薯片？

☐ Would you like that cut in half?

您要把那切半嗎？

☐ Please pay at the register.

請到櫃台結帳。

Word
list
1 mayonnaise [ˌmeəˋnez] *n.* 美乃滋；蛋黃醬

在熟食吧點餐

相關查詢 177：三明治的種類。

☐ **What's in a** Monte Cristo?

基督山三明治裡有什麼？

☐ **I'll have a** pastrami[1] **on** rye,[2] **please.**

請給我裸麥麵包夾醃燻牛肉。

☐ **Could I get a** roast turkey on wheat **with** mustard **on the side, please?**

我可以點小麥麵包夾烤火雞，芥茉醬加在旁邊嗎？

☐ **Hold the** mayo.[3]

不加蛋黃醬。

☐ **How much is extra** cheese?

多加起司要多少錢？

☐ **Does it come with a** pickle?[4]

有搭配醃黃瓜嗎？

☐ **Could I get that** toasted, **please?**

請把那個烤一下好嗎？

Word list

1 pastrami [pə`stramɪ] *n.* 五香燻牛肉

2 rye [raɪ] *n.* 黑麥；裸麥

3 mayo [`meo] *n.* 蛋黃醬

4 pickle [`pɪkl] *n.* 醃黃瓜；醃菜

點披薩

美國常見的披薩尺寸為：small「小」（10-12 吋）；medium「中」（12-14 吋）；large「大」（14-16 吋）。

☐ **What would you like on that?**

您要在上面加什麼料？

☐ **The pizzas come with two toppings.[1] Extra toppings are 75 cents each.**

披薩上有兩種配料，每多加一種料要 75 分錢。

☐ **What kind of crust[2] do you want?**

您要哪一種披薩餅皮？

關於外送

☐ **Do you want those delivered, or would you like to come pick them up?**

您要外送還是親自來取？

☐ **I'll need your name, address, and telephone number.**

我需要您的大名、地址與電話號碼。

☐ **Thank you very much for your order. We'll have your pizza there in thirty minutes.**

謝謝您的點餐。我們會在 30 分鐘內將您的披薩送達。

Word list

1 topping [ˋtɑpɪŋ] *n.* 上層配料

2 crust [krʌst] *n.* 餅皮

點披薩

122

相關查詢 178：披薩，有更多披薩餡和披薩餅皮的介紹。

☐ What's on a Hawaiian?

夏威夷披薩上有什麼料？

☐ We'll have a medium, thin-crust pepperoni[1] and mushroom.

我們要一個中的蘑菇義大利辣腸薄片披薩。

☐ Can we get half with sausage and onion and the other half vegetarian?

我們可以點一半是洋蔥香腸、另一半是素食的嗎？

關於外送

☐ I'd like to have a couple of large pizzas delivered.

我想點兩個大披薩，外送。

☐ Do you have any deals going on?

你們現在有什麼促銷餐嗎？

☐ My name is Lee. I'm in room 207 at the Motel 6 on Grant St.

我姓李。地址是葛蘭特街上 6 號汽車旅館的 207 號房。

Word list **1** pepperoni [ˌpɛpəˈronɪ] *n.* 義大利式辣味香腸

□ Welcome to Whammy Burger. Can I take your order?
歡迎光臨 Whammy 漢堡。可以幫您點餐嗎？

□ Would you like to try our super-value meal deal?
您要不要試試我們的超值餐？

□ Do you want everything on that?
您全部都要加嗎？

□ Would you like fries with that?
您要搭配一份薯條嗎？

□ Do you want to supersize that for 39 cents extra?
您要加 39 分錢換成超大杯的嗎？

□ What kind of drink do you want with your Jolly Meal?
您的快樂餐要搭配什麼飲料？

□ Is that for here or to go?
內用或外帶？

☐ I'll have a double cheeseburger, large fries, and an iced tea, please.
請給我一個雙層起司堡、大份薯條和冰茶。

☐ Yeah, I want a number three with a vanilla shake to go, please.
是的,我要一份三號餐和香草奶昔,外帶。

☐ Can I get an order of onion rings instead of fries with the number two meal?
我可以點一份二號餐,把薯條換成洋蔥圈嗎?

☐ Can I get a medium root beer with no ice, please?
請給我一杯中杯麥根汽水,不加冰,好嗎?

☐ Could I get some more ketchup, please?
請再給我一些蕃茄醬好嗎?

☐ Can I have the key to the restroom?
可以借洗手間的鑰匙嗎?

在得來速點餐

CD2 11

得來速的英文 drive-through 常簡化成 drive-thru 。顧客可以不用下車，在車上即可點餐的服務。

☐ Welcome to All American burger. I'll be with you in just a minute.

歡迎光臨全美漢堡。我馬上為您服務。

☐ Thanks for waiting. Can I take your order?

謝謝您的等候。可以幫您點餐了嗎？

☐ Will you be eating in your car?

您要在車上用餐嗎？

☐ Thank you. Please pull up to the window.

謝謝。請停在窗前。

☐ That'll be $8.43 at the second window.

總共是 8.43 美元，在第二個窗口結帳。

☐ I'm sorry. I can't hear you. Could you place your order at the window, please?

對不起，我聽不清楚。請您到窗口點餐好嗎？

在得來速點餐

☐ Hello? Hello? Anybody there?

喂？喂？有人在嗎？

☐ Yeah. Can I get three bacon cheeseburgers, two small fries, a large onion rings, two medium root beers, and a large vanilla shake, please?

是的。請給我三個培根起司堡、兩份小薯、一份大洋蔥圈、兩杯中杯麥根汽水，還有一杯大杯香草奶昔。

☐ Could I get some extra napkins, please?

請再給我一些餐巾紙好嗎？

☐ Is there ketchup in the bag?

袋子裡有蕃茄醬嗎？

☐ I'm sorry. I can't hear you. I'm just going to pull up and order at the window.

很抱歉，我聽不清楚。我正要停在窗口處點餐。

127 與兒童用餐

☐ **Could we have a kid's menu?**
可以給我們一份兒童餐菜單嗎？

☐ **We're going to need a high chair.**
我們需要一張小朋友椅子。

☐ **Could you bring a booster seat¹ over?**
可以請你拿一張加高座椅來嗎？

☐ **Do you think you could warm up a bottle for us?**
你能幫我熱一下瓶子嗎？

☐ **Do you have any crayons² or something like that?**
你有蠟筆之類的東西嗎？

☐ **We're going to need an extra plate.**
我們還需要多一個盤子。

Word list
1 booster seat [`bustə`sit] *n.* 兒童用的加高座椅
2 crayon [`kreən] *n.* 蠟筆

與長者用餐

☐ Do you have any senior discounts?

你們有長者優惠嗎？

☐ We're going to need a wheelchair-accessible¹ table.

我們需要一張方便輪椅使用的桌子。

☐ Could you find someplace for my walker while we're eating, please?

我們用餐時，可以找個地方放我的助步車嗎？

☐ Could we sit at a table? I don't think I can slide² into a booth.

我們可以坐在桌子的座位嗎？我想我沒辦法擠進雅座。

☐ I'm having trouble making out the menu. Could you just go over the entreés very quickly for me?

我看不清楚菜單。你可以很快地替我說明一下主菜嗎？

Word list

1 accessible [æk`sɛsəbl] *adj.* 可利用的；容易取得的

2 slide [slaɪd] *v.* 滑進；塞入

常見疑難雜症

129 健康飲食

☐ **Do you have any vegetarian dishes?**
你們有素食餐點嗎？

☐ **Is there any meat in the tomato soup?**
這道蕃茄湯裡有肉嗎？

☐ **What kind of oil do you use?**
你們用哪一種油？

☐ **Do you have any low-carb[1] dishes?**
你們有低碳水化合物的餐點嗎？

☐ **Do you have any low-fat desserts?**
你們有低脂的甜點嗎？

☐ **Could I have the salad dressing on the side, please?**
請將我的沙拉醬淋在旁邊好嗎？

Word **1** low-carb [ˋloˋkɑrb] *adj.* 低碳水化合物的（carb 為 carbohydrate 的縮字）
list

Part
7
常
見
疑
難
雜
症

合乎道德的飲食

☐ **Do you serve organic vegetables?**

你們供應有機蔬菜嗎？

☐ **Is your veal[1] raised in a veal crate?[2]**

你們的小牛肉是關在木板箱裡養大的嗎？

☐ **Is your salmon farmed or wild-caught?[3]**

你們的鮭魚是養殖或野生的？

☐ **Are your lobsters boiled alive?**

你們的龍蝦是活煮的嗎？

☐ **Do you use free-range[4] chickens?**

你們是用放山雞嗎？

☐ **Is the beef hormone-free?[5]**

這牛肉是沒有施打荷爾蒙的嗎？

Word list

1 veal [vil] *n.* 小牛肉

2 crate [kret] *n.* 用一片片木板搭成的箱子

3 wild-caught [ˋwaɪldˋkɔt] *adj.* 野生的

4 free-range [ˋfriˋrendʒ] *adj.* 放養的

5 hormone-free [ˋhɔrmonˋfri] *adj.* 無荷爾蒙的

關於餐具的問題

□ Excuse me. We need another place setting.[1]

抱歉。我們還需要一套餐具。

□ Excuse me. Could you give me a straw[2] for my orange juice?

抱歉。我需要一支吸管喝柳橙汁。

□ Excuse me. We're missing a couple of spoons.

抱歉，我們少了兩支湯匙。

□ I'm sorry. My glass is chipped.[3]

很抱歉。我的玻璃杯有缺口。

□ Excuse me. There's some lipstick on this glass.

很抱歉。這個玻璃杯上有口紅印。

□ Excuse me. Could you give me another cup? This one has some dirt on it.

抱歉。可以給我另一個杯子嗎？這個有點髒。

□ Excuse me. Could you wipe the table for us?

抱歉。可以幫我們擦一下桌子嗎？

Word list

1 place setting [ˈples`sɛtɪŋ] *n.* 餐具

2 straw [strɔ] *n.* 吸管

3 chipped [tʃɪpt] *adj.* 有缺口的

132　用餐意外

□ **I dropped my fork. Could you bring me another one?**

我的叉子掉到地上。可以給我另外一支嗎？

□ **Excuse me! Could we get a towel over here? Spilled¹ drink.**

抱歉！我們可以要一條毛巾嗎？飲料打翻了。

□ **We need some more napkins.**

我們還需要些紙巾。

□ **Do you have any club soda? I spilled some coffee on my shirt.**

你們有蘇打水嗎？我的咖啡灑到上衣了。

□ **Could I have a cup of ice? I burned my finger on the plate.**

我可以要一些冰嗎？我的手指被盤子燙到了。

□ **Could I get a Band-Aid?² Yeah, I'm not too good with a steak knife.**

可以給我一個 OK 繃嗎？是啊，看來我不太會用牛排刀。

Word list
1 spilled [spɪld] *adj.* 打翻的
2 Band-Aid [ˋbænd͵ed] *n.* 【商標】一種急救膠布；OK 繃

☐ Excuse me. We've been waiting for our dinner for almost half an hour.

抱歉。我們等我們的餐點已經等了快半個小時。

☐ Could you check and see how our dinner is coming?

麻煩你確認一下我們的餐點如何了？

☐ I didn't order this.

我沒有點這一道菜。

☐ I'm sorry. I don't think this is what I ordered.

抱歉。我想這不是我點的菜。

☐ Excuse me. There's a cockroach in my rice.

抱歉。我的飯裡有蟑螂。

☐ I'm sorry. There's some hair in my soup.

抱歉。我的湯裡有頭髮。

關於餐點的抱怨

☐ Excuse me. My soup is cold. Could you take it back and heat it up.[1]
抱歉。我的湯是冷的。你可以拿回去加熱一下嗎？

☐ I'm sorry. I think there's something wrong with this fish.
抱歉。我想這道魚有點問題。

☐ I can't eat this chicken. It's way too undercooked.
我吃不下這道雞肉，它太生了。

☐ I ordered my steak rare, but this is burnt.
我點的牛肉是三分熟，但這個根本是燒焦了。

☐ I'm sorry. Could you take this back? It's just not fresh at all.
抱歉。可以把這菜收回去嗎？根本就不新鮮。

☐ I'm sorry, but this is just too spicy for me.
很抱歉，但這道菜對我來說太辣了。

Word list **1** heat up [`hit.ʌp] *v.* 加熱

身體稍微不適

以下的所有句子都在回答這個問題： Are you OK?「你還好嗎？」

☐ Yeah, I'm fine. I think the bean soup has given me a little gas.

是的，我很好。我想這豆子湯讓我有點脹氣。

☐ I'm doing OK. I just think eating all this fruit might make me constipated.[1]

我很好。我只是在想，吃了這些水果可能會害我便秘。

☐ I'm all right. Just a touch of diarrhea.[2]

我很好。只是有點拉肚子。

☐ It's nothing. Just a little heartburn.[3]

沒什麼。只是胃有點灼熱。

☐ [Cough] I'm OK. Something just went down the wrong pipe.

〔咳嗽〕我很好。只是有東西跑到氣管裡去了。

☐ Damn. I just burned my tongue.

可惡，我燙到舌頭了。

Word list

1 constipated [ˈkɑnstəˌpetɪd] *adj.* 便秘的

2 diarrhea [ˌdaɪəˈriə] *n.* 腹瀉

3 heartburn [ˈhɑrtˌbɜn] *n.* 胃／心口灼熱

身體嚴重不適

□ Excuse me! Someone?! I think that woman is choking![1]

對不起！誰來幫幫忙？我想那位女士噎到了！

□ Does anyone know the Heimlich maneuver?[2]

有人會哈姆立克急救法嗎？

□ I think I've got food poisoning.

我想我食物中毒了。

□ I've got a fish bone stuck in my throat.

我的喉嚨卡到魚刺了。

□ I'm allergic to[3] nuts.

我對核果類過敏。

□ [Gasp] ... can't ... ach ... breathe ...

〔喘〕……沒辦法……法……呼吸……

Word list

1 choke [tʃok] v. 噎著；窒息

2 Heimlich maneuver [ˋhaɪmlɪk məˋnuvɚ] n. 哈姆立克急救法，又稱腹部擠壓術，被食物噎著時的急救法。

3 be allergic [əˋlɝdʒɪk] to 對……過敏

□ It's a little hot in here. Could you turn up the air conditioning?

這裡有點熱。請你把冷氣開大點好嗎？

□ I'm a little cold. Is there any way you could turn down the air conditioner?

我有點冷。你可能把冷氣關小嗎？

□ It's a little too dark for me to read the menu. Do you have a flashlight or something?

太暗了，我看不見菜單。你們有手電筒之類的東西嗎？

□ Do you mind if I close the blinds?[1] It's getting a little bright in here.

你介意我關上百葉窗嗎？這裡有點太亮了。

□ Could you turn the music down a little bit?

你可以把音樂關小聲一點嗎？

138 關於其他用餐者的問題 CD2 17

□ Could you ask that couple to take their kid outside until he stops crying?

你可以請那對夫妻把孩子帶到外面，直到他停止哭鬧嗎？

□ I know that woman is sitting in the smoking section, but the smoke is really starting to bother me.

我知道那位女士是坐在吸菸區，但她的菸開始讓我不舒服了。

□ Could you ask the table over there to keep it down?

你可以請那一桌的人小聲一點嗎？

□ The guy at that table is drunk and being really obnoxious.[1] Is there something you can do?

那桌的那個人喝醉了，很討人厭，你們可以想個辦法嗎？

□ Would it be possible to reseat[2] us?

可以替我們換位子嗎？

Word list
1 obnoxious [əb`nɑkʃəs] *adj.* 令人不悅的
2 reseat [ri`sit] *v.* 換座位；再就座

Section
2 菜單慣用語

　　眼前遞來長長的英文菜單，得在十分鐘內看懂，這常常把一個本應愉快的夜晚變成痛苦的試煉。許多觀光客常因這種經驗而深覺挫折，最後只好點些安全的東西——可能是第一道他們看懂的菜。但其實，只要鎖定重點，學會菜單慣用語，看菜單點餐就不是難事，我甚至敢說它會是個愉快的經驗呢。

　　以往的菜單只需列出餐廳提供的菜色。大家都知道燉牛肉是什麼、怎麼做，所以不需要多作解釋。但如今事情不再那麼簡單。愈來愈多餐廳供應來自世界各個奇怪角落的異國料理，廚師和饕客也逐漸重視新奇的用餐經驗與獨特的料理組合。餐廳在競爭壓力下，也得推出他們最獨特——也最能賺錢的菜色。這些現象使得菜色愈來愈多元化，菜單上的說明也隨之複雜。

　　我們來看一道菜單上常見的印度料理：

Murgh shahi korma

Tender pieces of boneless French corn-fed chicken breast, gently simmered in selected spices and a mild cashew nut and yoghurt sauce. Served with fresh, seasonal vegetables and steamed rice.

印度優格雞胸肉

法國玉米飼料雞的無骨嫩雞胸肉，在精選的香料、軟腰果與優格醬中文火慢燉。並佐以新鮮的時蔬和蒸飯。

這是標準的菜單英文：囉嗦卻又吸引人。像拉丁文和梵文，菜單英文是用來讀的，而非口說；像廣告傳單，菜單是用來挑撥慾望和說服，而不只是告知訊息。然而，如果我們仔細地看，就能歸納出一個模式，菜單說明其實有四個主要部分：

1. **餐名**　　　　(Murgh shahi korma)
2. **主要食材**　　(chicken breast)
3. **烹調方式**　　(simmered in a yoghurt sauce)
4. **搭配的副菜**　(vegetables and rice)

由於餐廳有著追求獨特的無止境壓力，你會發現各家菜單的變異頗大——但其實，這些變化皆是源自這四大部分。

看菜單是有技巧的——因為菜色的部分說明純屬「點綴」，對於你對菜單的理解並無太大幫助。以上述菜色為例，「文火慢燉」，難道有其他的慢燉法嗎？「新鮮」時蔬，難道餐廳提供的是不新鮮的嗎？當然，也不是全部的介紹都是廢話。你也許想知道這雞肉是否是無骨的、或是醬汁裡有沒有核果。看菜單時只要掌握上述的四大部分，你就能清楚知道各道餐點究竟是何模樣。

就某方面來說，「菜單英文」和其他類型的英文並無差異——同樣是名詞、動詞和形容詞的組合。接著要介紹的是菜單上出現頻率最高的動詞、形容詞，以及菜名。菜名部分會詳列出各菜色在菜單上的常見介紹（如左頁），你可在介紹中看到前述的動詞和形容詞如何搭配使用。熟悉這些用法，你就能輕鬆看懂菜單。

140 關鍵動詞與形容詞

動詞後面接 with 是菜單中常見的表達方式，with 之後通常接的是某種食材或調味料。（菜單中的動詞常以被動型態出現。）

- □ served with 搭配
- □ topped with 上覆
- □ covered with 以⋯包裹；蓋上
- □ finished with 最後加上
- □ filled with 填入
- □ flavored with 以⋯調味
- □ layered with 以⋯作夾心
- □ glazed [glezd] with 澆上；塗上

- □ comes with 搭配
- □ garnished [ˋɡɑrnɪʃt] with 以⋯裝飾
- □ smothered [ˋsmʌðəd] with 大量添加
- □ paired with 搭配
- □ stuffed with 塞入
- □ accented with 以⋯調味
- □ tossed [ˋtɔst] with 拌以

如果餐點中的食材在料理之前要先經過處理，菜單裡一定會出現下列動詞。

- □ marinated [ˋmærɪ͵netɪd] 以滷汁醃泡
- □ breaded 裹麵包粉
- □ mashed 搗成泥
- □ shredded [ˋʃrɛdɪd] 切成碎片
- □ pickled 醃漬

- □ basted [ˋbestɪd] 塗油脂
- □ smoked 煙燻
- □ whipped 攪打
- □ grated [ˋgretɪd] 磨碎
- □ seasoned 調味

料理方式也是菜單說明中不可缺的要角。

- □ baked （烤箱等）烘烤
- □ broiled 火烤
- □ grilled 燒烤
- □ stir-fried 炒
- □ sautéed 嫩煎

- □ roasted 烤
- □ charbroiled [ˋtʃɑr͵brɔɪld] 炭烤
- □ braised 燉；蒸；爛
- □ deep fried 炸
- □ simmered [ˋsɪməd] 以文火慢燉

- [ ] blanched 川燙
- [ ] steamed 蒸
- [ ] stewed 燉
- [ ] toasted 烤
- [ ] boiled 煮
- [ ] poached [potʃt] 水煮

　　上述為常見的料理方式，但餐廳業者為使菜單更活潑，常會使用些無太大意義的變化說法。

- [ ] pan-fried 鍋煎（就是指「煎」）
- [ ] oven-baked 烤箱烤的（就是指「烤」）
- [ ] oven- (/slow-) roasted 烤箱烤的 / 慢烤的（也是指「烤」）
- [ ] grilled to a golden brown 烤到呈金黃色（就是指「烤」）
- [ ] grilled to perfection 烤到完美（也是「烤」）
- [ ] lightly toasted 略微烤一下（還是「烤」）
- [ ] slow-cooked 慢煮（就是指「煮」）
- [ ] hickory-smoked [ˋhɪkərɪˏsmokɪd] 胡桃木煙燻
- [ ] mesquite-grilled [ˋmɛskitˏgrɪld] 灌木燒烤
- [ ] hand-picked 手工摘選
- [ ] hand-... 手工…（除了手，不然還能用什麼來煮？）

　　地點也常被當成促銷重點。太平洋牡蠣的味道真的比大西洋牡蠣好嗎？誰知道？但這並不能阻止餐廳業者把地名拿來當形容詞使用。

- [ ] Maine Lobster 緬因龍蝦
- [ ] Black Sea Caviar [ˏkævɪˋɑr] 黑海魚子醬
- [ ] Idaho Potatoes 愛達荷馬鈴薯
- [ ] Gulf Shrimp 墨西哥灣蝦
- [ ] Alaska King Crab 阿拉斯加帝王蟹
- [ ] Kobe Beef 神戶牛排
- [ ] New Zealand Lamb 紐西蘭小羊肉
- [ ] Florida Oranges 佛羅里達柳橙

141 關鍵形容詞與字串

有些形容詞會引發潛意識的正面情感反應。餐廳業者深諳此點，因此菜單裡隨處可見這些用字。熟悉這些高頻的用語，你就能戰勝菜單英文。

口味

- ☐ **tangy** [ˋtæŋɪ] 美味的（帶點酸的）
- ☐ **savory** [ˋsevərɪ] 美味的（尤指經香料調味後）
- ☐ **spicy** 辣味的
- ☐ **creamy** 多奶油的
- ☐ **seasoned** 美味的
- ☐ **juicy** 多汁的
- ☐ **zesty** [ˋzɛstɪ] 味道強勁的
- ☐ **mild** 溫和的
- ☐ **rich** 濃郁的
- ☐ **spiced** 加了香料的

口感

- ☐ **smooth** 滑順的
- ☐ **crisp /crispy** 酥脆的
- ☐ **tender** 嫩的
- ☐ **moist** 含水份的
- ☐ **flaky** [ˋflekɪ] 酥脆的
- ☐ **crunchy** 鬆脆的
- ☐ **melted** 軟化的
- ☐ **succulent** 多汁的

餐廳特有的

- ☐ **homemade** 自製的
- ☐ **(our) original** 原創的
- ☐ **our famous** 招牌的
- ☐ **our own** 本店特有的

不具太大意義，但引發食慾的

- ☐ **delicious** 美味的
- ☐ **tasty** 可口的
- ☐ **mouthwatering** 垂涎三尺的
- ☐ **aromatic** [ˌærəˋmætɪk] 香味四溢的
- ☐ **tempting** 誘人的
- ☐ **yummy** [ˋjʌmɪ] 好吃的
- ☐ **scrumptious** [ˋskrʌmʃəs] 好吃的
- ☐ **pungent** [ˋpʌndʒənt] 辛辣的

- ☐ (hand)-selected 精選的
- ☐ choice 特選的
- ☐ traditional 傳統口味的
- ☐ old-fashioned 古早口味的
- ☐ hearty 豐盛的
- ☐ light 清淡的（也可寫作 lite）

和新鮮與健康相關

- ☐ organic 有機的
- ☐ select 特選的
- ☐ fresh 新鮮的
- ☐ seasonal 當季的
- ☐ farm-fresh 產地直送的
- ☐ farm-raised 養殖的

常見的菜單字串

- ☐ ... with your choice of ... 您可自選…
- ☐ ... wrapped in ... 以…裹覆
- ☐ ... over a bed of ... 以…為底
- ☐ ... with a dash of ... 攪入一些…
- ☐ ... with a hint of ... 搭配少量的…
- ☐ ... delicately flavored ... 精緻地調味
- ☐ ... over an open flame ... 直接在火上
- ☐ ... piled high ... 疊高
- ☐ ... poured over ... 淋上
- ☐ ... made on/upon order ... 現點現做
- ☐ ... freshly grated ... 現磨的…
- ☐ ... available upon request ... 現有供應…
- ☐ ... a generous slice/serving/portion/cut ... 大片 / 大盤 / 大份 / 大塊
- ☐ ... lightly toasted/battered ... 略為烤一下 / 搗碎
- ☐ ... build your own ... (burrito [bə`rito] /omelet) 自理…（墨西哥麵餅捲 / 蛋餅）
- ☐ ... with all the fixings ... 加上各種配料
- ☐ ... piping [`paɪpɪŋ] hot ... 熱騰騰的
- ☐ ... on a sizzling [`sɪzlɪŋ] platter ... 放到滋滋作響的熱盤上
- ☐ ... made from scratch [`skrætʃ] ... 現做的
- ☐ ... our special blend of ... 本店特別調製

142 菜單：美式家庭料理

遇到生字別擔心，在「用餐好用字」會有詳細的字彙介紹。讀菜單時牢記「概論」中提到的四大部分，你會更容易掌握各道菜色。

☐ **Tuna Casserole** 鮪魚焗通心粉

Grilled tuna baked with rigatoni in a creamy white sauce. Topped with potato chips.

烤過的鮪魚和肋狀通心粉拌白奶油醬焗烤。上面撒上馬鈴薯片。

☐ **Roast Turkey and Mashed Potatoes** 烤火雞和馬鈴薯泥

All white meat turkey served with all the fixings — stuffing, homemade cranberry sauce and gravy.

全白肉火雞搭配各種配料——內餡、自製的小紅莓醬和肉汁。

☐ **Meatloaf** 烤肉捲

A generous slice of seasoned ground beef served with a baked potato and the vegetable of the day.

大份的調味牛絞肉，搭配烤馬鈴薯和當日時蔬。

☐ **Pork Chops and Applesauce** 蘋果醬豬排

Pan-seared pork tenderloin glazed with a tangy apple puree and your choice of rice or pasta.

爆煎豬里脊肉，淋上香味撲鼻的蘋果泥，可配飯或麵。

☐ **Macaroni and Cheese** 起司通心粉

Choice semolina macaroni baked with three cheeses and topped with bacon bits. Served with asparagus.

特選的粗麥通心粉拌三種起司一起焗烤，上頭撒上培根丁。搭配蘆筍。

菜單：美式牛排、烤肉和漢堡

□ **Garden Burger** 田園漢堡

Our own original garden burger grilled and topped with sautéed onions, tomato and organic lettuce. Soy cheese available upon request.

本店自創的烤田園漢堡，搭配嫩炒洋蔥、蕃茄和有機萵苣。可添加大豆乳酪。

□ **Double Chili Cheeseburger** 雙層辣味起司堡

Two certified natural, corn-fed, black angus beef patties smothered with our own home-made chili, onions and two slices of cheddar cheese.

兩片保證穀飼的安格斯黑牛肉餅，加上自製的紅番椒醬、洋蔥和兩片切德乳酪。

□ **Baby Back Ribs** 香烤豬小肋排

A half rack of our famous hickory smoked baby back ribs served with our original, zesty barbecue sauce.

半片本店著名的胡桃木煙燻小肋排，淋上本店獨特的香味烤肉醬。

□ **New York Steak** 紐約牛排

16 ounce grilled strip steak topped with sautéed mushrooms in wine sauce. 12 ounce cuts also available.

16 盎斯的烤牛排，覆上以酒嫩煎的蘑菇。也有 12 盎斯的可供選擇。

□ **Prime Rib** 上等肋排

A tempting 14 ounce cut. Slow-cooked and topped with our own creamy and mild horse-radish sauce.

令人垂涎的 14 盎斯肋排。文火慢理，淋上本店特有的乳狀、溫和辣根醬。

☐ **Oysters Rockefeller** 洛克菲勒烤牡蠣

Fresh Pacific oysters baked and topped with chopped spinach, breadcrumbs, and cheese.

焗烤新鮮的太平洋牡蠣，上覆碎菠菜、麵包丁和乳酪。

☐ **Shrimp Cocktail** 雞尾酒調味蝦

A huge goblet stuffed with shrimp and a tangy, homemade cocktail sauce made with our special blend of ketchup, lemon juice, and Tapatio hot sauce.

大高腳杯裡裝滿蝦肉、以及香味撲鼻的自製雞尾酒醬，醬汁是由蕃茄醬、檸檬汁和 Tapatio 辣醬混合調製而成。

☐ **Surf and Turf** 海陸全餐

Succulent lobster tail broiled in lemon butter and an 8 ounce charbroiled filet mignon. Garnished with juilenned portobello mushrooms and roasted red peppers.

檸檬奶油烤過、肉汁飽滿的龍蝦尾，和 8 盎斯的碳烤菲力。搭配蘑菇與烤紅椒。

☐ **Grilled Salmon** 烤鮭魚

A tasty fresh grilled Atlantic salmon filet finished with a light cream sauce. Served with seasonal vegetables over a bed of rice pilaf.

美味的鮮烤大西洋鮭魚排，淋上清淡的奶油醬。配時蔬米飯食用。

☐ **Pan-fried Trout** 酥炸鱒魚

Fresh brook trout encrusted in almonds and simmered in a light olive oil. Served with blanched vegetables in a citrus vinaigrette and wild rice.

新鮮的河鱒裹上杏仁，用少量橄欖油慢燉而成。搭配淋上橘醋的川燙蔬菜和菰米。

菜單：凱郡、克里奧、靈魂食物（美國南方口味）

☐ **Chicken Fried Steak** 炸雞式牛排

A hand-breaded 8 ounce flank steak smothered with our famous homemade country gravy. Comes with your choice of french fries or mashed potatoes.

手工沾上麵包粉的8盎斯側腹肉排，淋上本店著名的自製鄉村肉汁。搭配上薯條或馬鈴薯泥。

☐ **Shrimp Gumbo** 什錦蝦肉羹

Our traditional Louisiana gumbo with tender, wild-caught shrimp, alligator sausage, and okra.

本店傳統的路易斯安那州秋葵湯，搭配鮮嫩的野生蝦、鱷魚香腸和秋葵。

☐ **Jambalaya** 什錦飯

Sautéed jumbo shrimp, chicken, sausage, tomatoes, mushrooms, onions and peppers with dirty rice.

大蝦、雞肉、香腸、蕃茄、蘑菇、洋蔥和胡椒拌炒雜碎飯。

☐ **Fried Chicken** 炸雞

Mouthwatering boneless breast of chicken, soaked in buttermilk and breaded with our special flour and spice blend. Just like Mama used to make!

讓人垂涎三尺的無骨雞胸肉，以酪乳醃泡，再裹以本店特製的香料與麵粉。有媽媽的味道！

☐ **Cajun Catfish Sandwich** 凱郡風鯰魚三明治

Two farm-raised catfish filets seasoned with Cajun spices and grilled to perfection. Served on a French roll with melted cheese, lettuce, tomato and mayonnaise.

兩片養殖鯰魚排佐以凱郡醬，烤得恰到好處。配上法國麵包與融化的起司、萵苣、蕃茄和美乃滋。

146 菜單：德墨（Tex-Mex）與墨西哥料理

☐ **Cheese Quesadilla** 墨西哥乳酪牛肉餅

Toasted tortillas filled with cheddar and Monterey jack cheese, tomatoes, and jalapeño peppers. Served with fresh salsa, guacamole, and sour cream.

烤墨西哥玉米薄餅，加上切德和蒙特里傑克乳酪、蕃茄和墨西哥辣椒為內餡。搭配新鮮莎莎醬、鱷梨醬和酸奶。

☐ **Bean Burrito** 墨西哥豆餅捲

Build your own burrito! Choose your beans (black beans or refried beans), choose your tortilla (corn or flour), and choose your sauce (spicy salsa or pico de gallo).

自製豆餅！選擇您要的豆類（黑豆或豆泥）、選擇您要的玉米薄餅（玉米粉或麵粉）、選擇您要的醬汁（辣醬或雞丁醬）。

☐ **Fish Tacos** 魚肉塔可餅

Chopped cod filets with shredded lettuce, cheese, and pico de gallo. Served in two soft flour tortillas. (Hard taco shells are available upon request.)

鱈魚排加上切碎的萵苣、起司和雞丁醬。配上兩片軟麵粉玉米薄餅（也有硬的玉米餅皮可供選擇）。

☐ **Beef Tostada** 牛肉炸玉米餅

Ground beef, refried pinto beans, shredded lettuce, and grated cheese piled high on a deep fried corn tortilla. Topped with salsa and either sour cream or guacamole.

牛絞肉、花豆泥、切碎的萵苣、磨碎的起司，高疊在炸過的玉米薄餅上。再淋上莎莎醬、搭配酸奶或鱷梨醬。

☐ **Carnitas Enchilada** 墨西哥軟餅捲

Shredded pork wrapped in corn tortillas and baked with a mild red sauce. Served with rice and beans.

豬絞肉包在玉米餅裡，以溫和的紅醬汁燒烤。搭配米飯和豆子。

Section 2 菜單慣用語

菜單：英式料理

☐ **Chicken Tikka Masala** 印度紅咖哩雞

Boneless chicken marinated in yoghurt, ginger, garlic, and various herbs and spices, roasted in a tandoor oven, and then sautéed with tomatoes, butter and cream. Topped with almond flakes and served over rice.

無骨的雞肉以優格、薑汁、大蒜和各種香草與香料醃泡，再送入泥爐中烤，然後和蕃茄、奶油一起煎。最後撒上杏仁片，與米飯一起上桌。

☐ **Fish and Chips** 炸魚薯條

Catch of the day deep fried in a light beer batter and served over seasoned potato wedges and your choice of vinegar, chili sauce, and tartar sauce on the side.

當日捕獲的鮮魚裹上薄薄的啤酒麵糊油炸，搭配調味的馬鈴薯條，旁邊附上您選擇的醋、辣醬和塔塔醬。

☐ **Bangers and Mash** 肉腸薯泥

A pair of seasoned sausages served over hand-mashed potatoes with our rich, home-made onion gravy.

兩條調味的臘腸，加上手工磨製的馬鈴薯泥，再配上本店自製濃郁的大蒜醬。

☐ **Shepherd's Pie** 牧人派

A satisfying serving of tender ground sirloin, diced onions, carrots, and peas. Topped with mashed potatoes and baked until golden brown.

大份量的嫩腰絞肉，切丁的洋蔥、胡蘿蔔和豌豆。上覆馬鈴薯泥，烤成金黃色。

☐ **Ploughman's Lunch** 農夫午餐

Your choice of British cheeses, pickled onions and cucumbers, and a fresh lettuce, tomato, and cucumber salad. Served with a roll and butter.

自選的英式乳酪、醃漬洋蔥和黃瓜，以及新鮮萵苣、蕃茄與黃瓜沙拉。搭配小麵包和奶油。

148 菜單：義式料理

相關查詢 173、174 和 178：義大利麵食和披薩。

☐ **Pasta Primavera** 義大利蔬菜麵

Mushrooms, broccoli, and peas sautéed in garlic and a light cream sauce. Served over the pasta of your choice and garnished with freshly grated parmesan cheese and pine nuts.

蘑菇、綠花椰菜和豌豆與大蒜和些許奶油醬一起炒。搭配您自選的麵食，再以現磨的帕瑪森乳酪和松子裝飾。

☐ **Fettuccine Alfredo** 艾佛多寬麵

Our classic, creamy Alfredo sauce is made from scratch upon order using only the freshest cream and finest cheeses. Served over a generous helping of fettuccine.

本店經典的奶油艾佛多醬，現點現做，只使用最新鮮的奶油和最頂級的乳酪。搭配大量的寬麵條。

☐ **Chicken Marsala** 馬沙拉白葡萄酒雞肉

Farm-fresh chicken breast sautéed with mushrooms and a light marsala wine sauce. Served with a side of linguini and steamed seasonal vegetables.

產地直送的雞胸肉與蘑菇和少許馬沙拉白葡萄酒醬一起嫩煎。搭配義大利細麵及蒸時蔬一起上桌。

☐ **Eggplant Parmesan** 帕瑪森茄子

Fresh thick slices of lightly battered pan-fried eggplant covered with a rich marinara sauce and mozzerella cheese and broiled until golden brown. Served with angel hair pasta.

新鮮茄子切成厚片，裹上薄麵衣後下鍋油炸，再覆上大量的大蒜蕃茄醬和義大利白乾酪，一直烤到金黃色。搭配天使髮義大利麵。

☐ **Vegetable Risotto** 蔬菜飯

A savory rice casserole with zucchini, golden bell peppers, and roma tomatoes. Flavored with a hint of lemon grass.

美味的砂鍋飯，加入胡瓜、黃椒和蕃茄。再以一點檸檬草調味。

Section
2
菜
單
慣
用
語

菜單：法式料理

☐ Beef Bourguignon 紅酒燒牛肉

Tender sirloin tip, sautéed with button mushrooms, and a savory red wine sauce enhanced with bacon and fresh tomatoes. Served with garlic whipped potatoes and vegetables julienne.

嫩牛上腰肉塊與蘑菇頭一起煎，再加上以培根和新鮮蕃茄提味的紅酒醬。搭配大蒜攪拌馬鈴薯及蔬菜肉湯一起上桌。

☐ Coq au Vin 紅葡萄酒雞

Tender breast of chicken slow marinated and cooked in a rich burgundy wine sauce with shallots, mushrooms and fresh herbs. Accompanied with fresh pasta and vegetables.

嫩雞胸肉在濃郁的勃根地紅葡萄酒醬汁中長時間醃泡、熬煮，加入冬蔥、蘑菇和新鮮香草。搭配新鮮的麵條與蔬菜。

☐ Bouillabaisse 法式海鮮什燴

Our chef serves his in a cast iron pot with gulf shrimp, sea scallops, fresh tuna, and calamari simmered in a saffron broth with roasted fennel and garden tomatoes.

本店主廚的拿手好菜，以大鐵鍋盛裝墨西哥灣蝦、海貝、新鮮鮪魚和墨魚圈，並在加了茴香和蕃茄的番紅花肉汁中燉煮。

☐ Fondue 起司鍋

A traditional fondue with three select cheeses, served with dipping bread, assorted vegetables, and sliced apple.

包含三種精選乳酪的傳統起司鍋，搭配沾食用的麵包、各式蔬菜和切片蘋果。

☐ Quiche Lorraine 培根蛋奶烤派

A flaky homemade pie crust filled with fresh eggs, Swiss cheese, and ham. Baked to perfection. Your choice of spinach or broccoli. Served with a tossed green salad.

自製鬆脆派皮，以新鮮雞蛋、瑞士乳酪和火腿為餡。烤得恰到好處。您可以自選菠菜或綠花椰菜。搭配生菜沙拉。

150) 菜單：日式料理

☐ **Sushi Combo Plate** 什錦壽司餐

Our basic plate comes with maguro (tuna), sake (salmon), tako (octopus), unagi (eel), and a California roll. Great for sharing or as a meal in itself!

本店的基本壽司組合包括鮪魚、鮭魚、章魚、鰻魚和加州壽司捲。適宜共享、或當作主餐。

☐ **Tonkatsu Curry** 咖哩炸豬排

A plate of spicy curried rice topped with a breaded, deep-fried pork loin cutlet. Comes with pickled vegetables and a dinner salad.

辣味咖哩飯，上覆裹粉油炸的豬腰肉排。搭配醃菜和晚餐沙拉。

☐ **Yakitori Platter** 日式燒雞盤

A selection of skewered and charcoal-grilled chicken including tsukune (chicken meat-balls), negima (chicken and green onion kebab), and sasami (chicken breast).

精選串燒碳烤雞肉，包括雞肉丸、雞肉洋蔥捲和雞胸肉。

☐ **Okonomiyaki** 大阪燒

Japanese pancake made with a flour and egg batter with cabbage, ginger and the meat of your choice — shredded pork, squid, or prawns. Finished with your favorite toppings — cheese, green onions, dried bonito, and mayonnaise.

日式煎餅，以麵粉和蛋糊、加上包心菜、薑和您自選的肉類——豬絞肉、花枝、蝦等做成。最後再加上您喜歡的配料——乳酪、青蔥、柴魚和美乃滋。

☐ **Unagi Bowl** 鰻魚丼

Barbecued freshwater eel, glazed with a sweet and savory barbecue sauce, served over sushi rice.

烤鰻魚，淋上酸甜的烤肉醬，鋪在壽司飯上食用。

菜單：中式料理

☐ **Kung Pao Chicken** 宮保雞丁

Chicken with peanuts and water chestnuts, stir fried in a spicy chili sauce. Hot! Hot! Hot!

雞肉、花生和荸薺，與辣椒醬一起炒。辣！辣！辣！

☐ **Beef and Broccoli** 鼓汁芥藍牛肉

Tender slices of beef sautéed with broccoli florets in a tasty black bean garlic sauce.

嫩牛柳與芥藍菜花在美味的蒜蓉豆鼓醬油裡一起炒。

☐ **Sweet and Sour Pork** 糖醋排骨

Succulent pieces of deep-fried pork stir fried with bell peppers, onions, carrots, and pineapple in a tangy sweet and sour sauce.

炸過的多汁豬排骨，加上青椒、洋蔥、胡蘿蔔與鳳梨，在香濃的酸甜醬汁中拌炒。

☐ **Chicken Chow Mein** 廣東雞肉炒麵

Celery, bamboo shoots, carrots, and water chestnuts stir-fried with chicken and soy sauce and poured over fried egg noodles.

芹菜、竹筍、胡蘿蔔和荸薺，與雞肉、醬油一起炒過，再倒在油炸過的蛋麵上。

☐ **Pot Stickers** 鍋貼

Minced pork and chives dumplings, braised then wok-fried. Served with sesame oil dipping sauce. Yum!

蔥肉餃子在煮過後，再上鍋煎。搭配芝麻油沾醬。好吃！

152 菜單：常見的點餐選項

點餐的選擇

☐ All sandwiches are served with choice of French fries, cole slaw[1] or chips.

所有的三明治都可選擇搭配薯條、高麗菜絲沙拉或薯片。

☐ All entrees come with rice, vegetables and your choice of soup or salad.

所有的主餐都附米飯、青菜，另附湯或沙拉。

特別的點餐說明

☐ Any of our omelets may be made with egg whites instead of whole eggs at no additional cost.

本店每一種蛋餅都可以蛋白取代全蛋，不收額外費用。

☐ Hot peppers available upon request.

有辣椒可供取用。

☐ Fries may be substituted for chips for $1 extra.

多付一美元，薯條可換成薯片。

☐ Please no substitutions.

請勿換餐。

Word list　**1** cole slaw [ˋkol. slɔ] *n.* 高麗菜沙拉

菜單：關於付帳

☐ No sharing allowed on all-you-can-eat dinners.
「吃到飽」的餐點請勿分食。

☐ Ask your server for the current market price.
請向服務生詢問「時價」。

☐ Menu and prices subject to change.
菜單和價格視情況異動。

☐ 15% service charge automatically added to parties of six or more.
六位以上用餐，將自動加收 15% 的服務費。

☐ Gratuity[1] not included.
小費未含在內。

☐ Prices do not include 8.5% state sales tax.
價目不含 8.5% 的營業稅。

☐ Personal checks are not accepted.
恕不接受個人支票。

☐ Cash, traveler's checks, Visa, MasterCard, and American Express accepted.
接受現金、旅行支票、威士卡、萬士達卡或美國運通卡。

Word list **1** gratuity [grə`tuətɪ] *n.* 小費

Section
3 用餐好用字

水果

薔薇科水果

1 apple [ˋæpl̩] *n.* 蘋果

2 Asian pear [ˋeʃən ˋpɛr] *n.* 亞洲梨（又可稱為 Nashi pear）

3 pear [pɛr] *n.* 西洋梨

核果類

1 apricot [ˋæprɪˌkat] *n.* 杏仁

2 cherry [ˋtʃɛrɪ] *n.* 櫻桃

3 peach [pitʃ] *n.* 桃子

4 plum [plʌm] *n.* 李子；梅子

莓果

1 blackberry [ˋblækˌbɛrɪ] *n.* 黑莓

2 blueberry [ˋbluˌbɛrɪ] *n.* 藍莓

3 boysenberry [ˋbɔɪsn̩ˌbɛrɪ] *n.* 波伊森莓；黑桑子（由各種黑莓和樹莓雜交而得的新品種）

4 cranberry [ˋkrænˌbɛrɪ] *n.* 蔓越莓；小紅莓

5 raspberry [ˋræzˌbɛrɪ] *n.* 覆盆子；懸鉤子

6 strawberry [ˋstrɔˌbɛrɪ] *n.* 草莓

瓜類

1 cantaloupe [ˋkæntl̩ˌop] *n.* 香瓜；哈蜜瓜

2 honeydew [ˋhʌnɪˌdju] *n.* 甜瓜

3 watermelon [ˋwɔtɚˌmɛlən] *n.* 西瓜

柑橘類

1 grapefruit [ˋgrepˌfrut] *n.* 葡萄柚

2 lemon [ˋlɛmən] *n.* 檸檬

3 lime [laɪm] *n.* 萊姆

4 orange [ˋɔrɪndʒ] *n.* 柑橘

地中海水果

1 **date** [det] *n.* 棗

2 **fig** [fɪg] *n.* 無花果

3 **grape** [grep] *n.* 葡萄

4 **olive** [ˋɑlɪv] *n.* 橄欖

亞熱帶水果

1 **guava** [ˋgwɑvə] *n.* 芭樂

2 **kiwi** [ˋkiwɪ] *n.* 奇異果

3 **kumquat** [ˋkʌmkwɑt] *n.* 金柑

4 **longan** [ˋlɑŋgən] *n.* 龍眼

5 **lychee** [ˋlaɪtʃi] *n.* 荔枝

6 **passion fruit** [ˋpæʃən ˋfrut] *n.* 百香果

7 **pitaya** [pɪˋtaja] *n.* 火龍果（又可稱為 dragon fruit）

熱帶水果

1 **banana** [bəˋnænə] *n.* 香蕉

2 **coconut** [ˋkokənət] *n.* 椰子

3 **durian** [ˋdʊrɪən] *n.* 榴槤

4 **mango** [ˋmæŋgo] *n.* 芒果

5 **mangosteen** [ˋmæŋgəˏstin] *n.* 山竹

6 **papaya** [pəˋpaɪə] *n.* 木瓜

7 **pineapple** [ˋpaɪnˏæpl] *n.* 鳳梨

8 **rambutan** [ræmˋbutən] *n.* 紅毛丹

9 **carambola** [ˏkærəmˋbolə] *n.* 楊桃（又可稱為 star fruit）

155 加工水果

 CD2 19

水果沙拉

1 ambrosia [æm`broʒɪə] *n.* 香橙仙饌沙拉

2 fruit cocktail [`frut `kak, tel] *n.* 什錦水果

3 fruit salad [`frut `sæləd] *n.* 水果沙拉

4 papaya salad [pə`paɪə `sæləd] *n.* 木瓜沙拉

5 Waldorf salad [`wɔl, dɔrf `sæləd] *n.* 華道夫蘋果沙拉

乾果類

1 dried fruit [`draɪd `frut] *n.* 果乾（如：dried mangoes「芒果乾」等）

2 banana chips [bə`nænə `tʃɪps] *n.* 香蕉脆片

甜點與酥皮點心

1 apple tarts [`æpḷ `tarts] *n.* 蘋果塔

2 banana bread [bə`nænə brɛd] *n.* 香蕉麵包

3 banana split [bə`nænə splɪt] *n.* 香蕉船

4 blintzes [`blɪntsəs] *n.* 薄餅捲（如：blueberry blintzes「藍莓薄餅捲」等）

5 candy apples [`kændɪ `æpḷs] *n.* 太妃糖蘋果

6 cobbler [`kablə] *n.* 水果餡餅（如：peach cobbler「蜜桃餡餅」等）

7 crepes [kreps] *n.* 薄煎餅（如：rasberry crepes「覆盆子煎餅」等）

8 fruit parfait [`frut , par`fe] *n.* 水果凍

9 muffin [`mʌfɪn] *n.* 鬆糕（如：blueberry muffin「藍莓鬆糕」等）

10 peach melba [`pitʃ `mɛlbə] *n.* 桃子薄餅

11 pie [paɪ] *n.* 派；餡餅（如：cherry pie「櫻桃派」等）

12 sorbet [`sɔrbɪt] *n.* 果汁冰砂（又可稱為 sherbet [`ʃɝbɪt]或 sherbert [`ʃɝbɝt]）

13 strudel [`strudḷ] *n.* 水果捲心餅（如：apple strudel「蘋果捲心餅」等）

果醬、果漿和醬汁

■ **syrup** [ˋsɪrəp] *n.* 糖漿（如：boysenberry syrup「黑桑子果漿」等）

■ **jelly** [ˋdʒɛlɪ] *n.* 果凍（如：grape jelly「葡萄果凍」等）

■ **jam** [dʒæm] *n.* 果醬（如：strawberry jam「草莓果醬」等）

■ **preserves** [prɪˋzɜvz] *n.* 蜜餞（如：apricot preserves「杏桃蜜餞」等）

■ **marmalade** [ˋmarmḷ.ed] *n.* （橘子或檸檬等製成的）果醬

（如：orange marmalade「橘子果醬」等）

■ **compote** [ˋkampot] *n.* 糖漬的水果

■ **applesauce** [ˋæpḷ.sɔs] *n.* 蘋果淋醬

■ **apple butter** [ˋæpḷ ˋbʌtə] *n.* 蘋果塗醬

水果醬汁

■ **chutney** [ˋtʃʌtnɪ] *n.* 甜酸醬

■ **orange sauce** [ˋɔrɪndʒ ˋsɔs] *n.* 橘子醬（雞肉料理使用）

■ **plum sauce** [ˋplʌm ˋsɔs] *n.* 梅子醬（羊、豬肉料理使用）

■ **cranberry dressing** [ˋkræn.bɛrɪ ˋdrɛsɪŋ] *n.* 蔓越梅甜酸醬（火雞料理使用）

果汁和果汁類飲料

■ **apple juice** [ˋæpḷ ˋdʒus] *n.* 蘋果汁

■ **grape juice** [ˋgrep ˋdʒus] *n.* 葡萄汁

■ **grapefruit juice** [ˋgrep.frut ˋdʒus] *n.* 葡萄柚汁

■ **orange juice** [ˋɔrɪndʒ ˋdʒus] *n.* 柳橙汁

■ **apple cider** [ˋæpḷ ˋsaɪdə] *n.* 蘋果汁；蘋果西打

■ **banana smoothie** [bəˋnænə ˋsmuðɪ] *n.* 香蕉水果雪冰（口感介於冰淇淋和冰沙之間）

■ **lemonade** [.lɛmənˋed] *n.* 檸檬水

■ **strawberry shake** [ˋstrɔ.bɛrɪ ˋʃek] *n.* 草莓奶昔

葉菜類

1 bok choy [ˈbɑkˌtʃɔɪ] *n.* 白菜

2 cabbage [ˈkæbɪdʒ] *n.* 包心菜；甘藍菜

3 celery [ˈsɛlərɪ] *n.* 芹菜

4 lettuce [ˈlɛtɪs] *n.* 萵苣

5 spinach [ˈspɪnɪʃ] *n.* 菠菜

莖菜類

1 asparagus [əˈspærəgəs] *n.* 蘆筍

根莖類和球根類

1 beet [bit] *n.* 甜菜

2 burdock [ˈbɝˌdɑk] *n.* 牛蒡

3 carrot [ˈkærət] *n.* 紅蘿蔔

4 daikon [ˈdaɪkən] *n.* 白蘿蔔；菜頭

5 ginger [ˈdʒɪndʒɚ] *n.* 薑

6 lotus [ˈlotəs] *n.* 睡蓮 / lotus root [ˈlotəs ˈrut] *n.* 蓮藕

7 potato [pəˈteto] *n.* 馬鈴薯

8 radish [ˈrædɪʃ] *n.* 小蘿蔔

9 horseradish [ˈhɔrsˌrædɪʃ] *n.* 西洋山蘿菜；辣根

10 taro [ˈtɑro] *n.* 芋

11 yam [jæm] 山芋類植物 / sweet potato [swit pəˈteto] 甜薯

花菜類

1 artichoke [ˈɑrtɪˌtʃok] *n.* 朝鮮薊；洋薊

2 broccoli [ˈbrɑkəlɪ] *n.* 綠花椰菜；洋芥藍

3 cauliflower [ˈkɔləˌflauɚ] *n.* 花椰菜

菌類

1 mushroom [ˈmʌʃrum] *n.* 蘑菇；洋菇

蔥蒜類

■ **chive(s)** [tʃaɪv(z)] *n.* 細香蔥；蝦夷蔥

■ **garlic** [ˈgɑrlɪk] *n.* 大蒜

■ **leek** [lik] *n.* 韭菜

■ **onion** [ˈʌnjən] *n.* 洋蔥

■ **scallion** [ˈskæljən] *n.* 青蔥（也可稱為 green onion 或 spring onion）

■ **shallot** [ˈʃalət] *n.* 冬蔥；慈蔥

蔬果類

■ **avocado** [ˌɑvəˈkɑdo] *n.* 酪梨；鱷梨

■ **bitter melon** [ˈbɪtə ˈmɛlən] *n.* 苦瓜

■ **cucumber** [ˈkjukʌmbə] *n.* 黃瓜

■ **eggplant** [ˈɛgˌplænt] *n.* 茄子

■ **bell pepper** [ˈbɛl ˈpɛpə] *n.* 鐘形青椒

■ **chili pepper** [ˈtʃɪlɪ ˈpɛpə] *n.* 紅番椒

■ **pumpkin** [ˈpʌmkɪn] *n.* 南瓜

■ **squash** [skwɑʃ] *n.* 瓜果

■ **tomato** [təˈmeto] *n.* 蕃茄

■ **winter melon** [ˈwɪntə ˈmɛlən] *n.* 冬瓜

■ **zucchini** [zuˈkini] *n.* 綠皮胡瓜

種子和豆莢類

■ **corn** [kɔrn] *n.* 玉米

■ **green bean(s)** [grin bin(z)] *n.* 四季豆（又稱為 string beans）

■ **okra** [ˈokrə] *n.* 秋葵

■ **pea(s)** [pi(z)] *n.* 豌豆

157 蔬菜料理

常見的切菜方式

1. **chopped** [tʃɑpt] celery 切細的芹菜
2. **cubed** [kjubd] daikon 蘿蔔粒
3. **diced** [daɪst] tomatoes 蕃茄丁
4. **julienned** [ˌdʒulɪˈɛnd] carrots 胡蘿蔔條／絲
5. **minced** [mɪnst] garlic 蒜頭末
6. **mashed** [mæʃt] potatoes 馬鈴薯泥
7. **peeled** [pild] cucumber 去皮胡瓜
8. **seeded** [sidɪd] cucumber 去籽胡瓜
9. **shredded** [ˈʃrɛdɪd] cabbage 切碎的包心菜
10. **sliced** [slaɪst] avocado 鱷梨切片

常見蔬菜料理

1. **fresh vegetables** [frɛʃ ˈvɛdʒtəblz] *n.* 新鮮蔬菜
2. **mixed vegetables** [mɪkst ˈvɛdʒtəblz] *n.* 綜合蔬菜
3. **seasonal vegetables** [ˈsizn̩əl ˈvɛdʒtəblz] *n.* 季節性蔬菜；時蔬
4. **vegetable of the day** [ˈvɛdʒtəbl ˌəv ˌðə ˈde] *n.* 本日蔬菜

馬鈴薯料理

1. **baked potato** [bekt pəˈteto] *n.* 烤馬鈴薯
2. **french fries** [frɛtʃ ˈfraɪz] *n.* 炸薯條
3. **gnocchi** [ˈnjɑkɪ] *n.* 義大利馬鈴薯麵餃（通常以馬鈴薯做餡料）
4. **hash browns** [ˌhæʃ ˈbraʊns] *n.* 馬鈴薯塊
5. **home fries** [ˈhom ˌfraɪs] *n.* 家常薯條
6. **mashed potatoes** [ˌmæʃt pəˈtetoz] *n.* 馬鈴薯泥
7. **potato chips** [pəˈteto ˌtʃɪps] *n.* 洋芋片

8 **potatoes au gratin** [pə`tetoz ɔ `grɑtən] *n.* 焗起司馬鈴薯

9 **potato pancakes** [pə`teto `pæn,keks] / **latkes** [`lɑkɪ] *n.* 馬鈴薯薄煎餅

10 **scalloped potatoes** [`skɑləpt pə`teto] *n.* 烤起司馬鈴薯切片

常見的料理方式

1 **baked** [bekt] **squash** 烤瓜

2 **braised** [brezd] **leeks** 慢燉韭蔥

3 **broiled** [brɔɪld] **tomatoes** 燒烤蕃茄

4 **cauliflower salad** [`sæləd] 花椰菜沙拉

5 **corn on the cob** [kɑb] 栗米（帶軸的玉米）

6 **creamed** [krimd] **corn** 奶油玉米

7 **deep fried** [`dip,fraɪd] **mushrooms** 炸蘑菇

8 **glazed** [glezd] **carrots** 糖汁胡蘿蔔

9 **grilled** [grɪld] **mushrooms** 烤蘑菇

10 **pan-fried** [`pæn,fraɪd] **okra** 香煎秋葵

11 **raw** [rɔ] **celery** 生芹菜

12 **sautéed** [so`ted] **zucchini** 嫩煎胡瓜

13 **squash casserole** [`kæsə,rol] 瓜果砂鍋

14 **steamed** [stimd] **broccoli** 蒸花椰菜

15 **stewed** [stjud] **tomatoes** 燉蕃茄

16 **stir-fried** [`stɜ,fraɪd] **broccoli** 炒花椰菜

17 **vegetable shish kabob** [ʃɪʃ kə`bɑb] 烤青菜肉串

18 **spinach quiche** [kɪʃ] 菠菜奶蛋餅

19 **spinach soufflé** [su`fle] 菠菜舒芙蕾

20 **stuffed** [stʌft] **peppers** 釀甜椒

豆類／堅果類／籽類／豆類產品 `CD2` 22

豆類

1. black bean [ˌblæk `bin] *n.* 黑豆
2. broad bean [ˌbrɔd `bin] *n.* 蠶豆（又稱為 fava bean）
3. chickpea [`tʃɪkˌpi] *n.* 雞豆；鷹嘴豆（又稱為 garbanzo bean）
4. lentil [`lɛntl] *n.* 扁豆

堅果類

1. almond [`amənd] *n.* 杏仁
2. cashew [`kæʃu] *n.* 腰果
3. chestnut [`tʃɛsnət] *n.* 栗子
4. macadamia nut [ˌmækə`demɪə `nʌt] *n.* 夏威夷豆；昆士蘭果（味似花生的堅果）
5. peanut [`piˌnʌt] *n.* 花生
6. pecan [pɪ`kɑn] *n.* 大胡桃
7. pine nut [`paɪn ˌnʌt] *n.* 松果
8. pistachio [pɪs`taʃɪˌo] *n.* 開心果
9. walnut [`wɔlnət] *n.* 胡桃

籽類

1. pumpkin seed [`pʌmpkɪn ˌsid] *n.* 南瓜子
2. sesame seed [`sɛsəmɪ ˌsid] *n.* 芝麻
3. sunflower seed [`sʌnˌflauɚ ˌsid] *n.* 葵花子

豆類產品

1. miso [mɪsɔ] *n.* 味噌
2. soy (bean) milk [`sɔɪ ˌmɪlk] *n.* 豆漿
3. soy sauce [`sɔɪ ˌsɔs] *n.* 醬油
4. tofu [`tofu] *n.* 豆腐

乳製品

奶類

1. **buttermilk** [ˋbʌtəˌmɪlk] *n.* 酪乳；白脫牛奶
2. **skim milk** [ˋskimˌmɪlk] *n.* 脫脂牛奶
3. **low-fat milk** [ˋloˌfætˌmɪlk] *n.* 低脂牛奶（通常脂肪含量為 2％）
4. **whole milk** [ˋholˌmɪlk] *n.* 全脂牛奶（通常脂肪含量為 3.5％）

一般乳製品

1. **butter** [ˋbʌtə] *n.* 奶油
2. **cream** [krim] *n.* 乳脂；奶油
3. **half-and-half** [ˋhæf ŋˋhæf] *n.* 半奶油；牛乳和奶油的混合物
4. **sour cream** [ˋsaʊrˌkrim] *n.* 酸奶油
5. **yogurt/yoghurt** [ˋjogət] *n.* 優格；酵母乳

乳酪類

1. **camembert** [ˋkæməmˌbɛr] *n.* 卡貝門乳酪（柔軟味濃的法國製乾酪）
2. **cheddar** [ˋtʃɛdə] *n.* 切德乾酪（用途最廣的半硬質乳酪）
3. **cottage cheese** [ˋkɑtɪdʒˌtʃiz] *n.* 茅屋乳酪（以脫脂乳製造的白色軟乾酪）
4. **cream cheese** [ˋkrimˌtʃiz] *n.* 奶油乳酪；凝脂乳酪
5. **edam** [ˋidəm] *n.* 艾登乳酪（半硬質的微甜乳酪）
6. **provolone** [ˌprovəˋlon] *n.* 波蘿伏洛乾酪（一種淡色義大利乾酪，梨形，通常以煙燻製成）
7. **Monterey Jack** [ˌmʌntəˋreˋdʒæk] *n.* 蒙特利傑克乳酪（半軟、高水份含量的全脂乳酪）
8. **mozzarella** [ˌmɑtsəˋrɛlə] *n.* 莫澤雷勒乾酪（一種鬆軟的白色義大利乾酪）
9. **Parmesan** [ˋpɑrməˌzɑn] *n.* 帕馬森乳酪（具有強烈辣味的硬乾酪，處理為碎片後灑在菜餚上）
10. **Roquefort** [ˋrokfət] *n.* 羅克福乳酪（又稱 blue cheese，法國一種濃味羊奶乾酪）
11. **Swiss** [swɪs] *n.* 瑞士乳酪（有很多大孔的硬乾酪）

一般湯品用語

1 **bouillon** [ˋbuljɑn] *n.* 肉湯

2 **broth** [brɔθ] *n.* 清湯（肉汁加蔬菜煮成）

3 **stock** [stɑk] *n.* 原汁（以肉或蔬菜煮成）

4 **soup du jour** [ˋsup͵dəˋʒor] *n.* 本日例湯

海鮮湯

1 **bouillabaisse** [͵buljəˋbes] *n.* 法式海鮮什燴濃湯

2 **lobster bisque** [ˋlɑbstə͵bɪsk] *n.* 龍蝦濃湯

3 **Manhattan** [mænˋhætŋ] **/ New York clam chowder**
[nuˋjɔrk͵klæm ˋtʃaʊdə] *n.* 曼哈頓／紐約蜆濃湯

4 **New England clam chowder** [͵nu ˋɪŋglənd͵klæm ˋtʃaʊdə]
n. 新英格蘭蜆濃湯

5 **shark fin soup** [ˋʃɑrk͵fɪn ˋsup] *n.* 魚翅羹

湯麵

1 **alphabet soup** [ˋælfə͵bɛt ˋsup] *n.* 字母湯麵（湯裡有英文字母，供小孩學習辨識）

2 **beef noodle soup** [ˋbif ˋnudl̩ ˋsup] *n.* 牛肉麵

3 **chicken noodle soup** [ˋtʃɪkɪn ˋnudl̩ ˋsup] *n.* 雞肉麵

4 **ramen** [ˋrɑmɛn] 拉麵 **/ soba** [ˋsobɑ] 蕎麥麵 **/ udon** [ˋʊdɑn] 烏龍麵

5 **pho** [fʌh] *n.* 越南河粉

冷湯

1 **gazpacho** [gəzˋpɑ͵tʃo] *n.* 西班牙冷湯

2 **vichyssoise** [͵vɪʃɪˋswɑz] *n.* 維琪奶油冷湯

穀物湯

1 **barley soup** [ˋbɑrlɪ ˋsup] *n.* 義式薏仁湯；大麥湯

2 **congee** [ˋkɑndʒi] *n.* 稀飯；粥

3 **rice soup** [ˋraɪs ˋsup] *n.* 米湯；稀飯

豆子湯

1. black bean soup [`blæk ˌbin `sup] *n.* 黑豆湯
2. lentil soup [`lɛntḷ `sup] *n.* 扁豆湯
3. navy bean soup [`nevɪ ˌbin `sup] *n.* 白豆湯
4. split pea soup [`split ˌpi `sup] *n.* 乾豌豆瓣湯

蔬菜湯

1. minestrone [ˌmɪnə`stronɪ] *n.* 義大利蔬菜濃湯
2. potato soup [pə`teto `sup] *n.* 馬鈴薯湯
3. pumpkin soup [`pʌmpkɪn `sup] *n.* 南瓜湯
4. tomato soup [tə`meto `sup] *n.* 蕃茄湯

奶油湯

1. cream of broccoli [`krim ˌəv `brɑkəlɪ] *n.* 花椰菜奶油濃湯
2. cream of mushroom [`krim ˌəv `mʌʃrum] *n.* 奶油蘑菇湯

其他湯品

1. borscht [bɔrtʃ] *n.* 羅宋湯
2. chili [`tʃɪlɪ] *n.* 辣味絞肉湯
3. French onion [`frɛntʃ `ʌnjən] *n.* 法式洋蔥湯
4. goulash [`gulɑʃ] *n.* 蔬菜燉牛肉
5. gumbo [`gʌmbo] *n.* 甘寶湯（加秋葵之肉菜濃湯）
6. hot and sour soup [`hɑt ˌɛnd ˌsaʊr `sup] *n.* 酸辣湯
7. matzo ball soup [`mɑtso ˌbɔl `sup] *n.* 薄餅湯圓
8. menudo [mɛ`njudo] *n.* 墨西哥牛肚湯
9. miso soup [`mɪso `sup] *n.* 味噌湯
10. tortilla soup [tɔr`tija ˌsup] *n.* 玉米薄餅湯
11. wonton soup [`wɑnˌtən ˌsup] *n.* 餛飩湯

161 沙拉

CD2 25

Section
3
用
餐
好
用
字

沙拉食材和配料

1. **croutons** [ˋkrutɑnz] *n.* 油煎小麵包丁
2. **bacon bits** [ˋbekən ˏbɪts] *n.* 培根丁
3. **alfalfa sprouts** [ælˋfælfə ˏsprauts] *n.* 苜蓿芽
4. **hard-boiled eggs** [ˋhɑrd ˏbɔɪld ˋɛgz] *n.* 水煮蛋
5. **ground black pepper** [ˋgraund ˏblæk ˋpɛpə] *n.* 研磨黑胡椒

綠色沙拉

1. **caesar salad** [ˋsizə ˋsæləd] *n.* 凱撒沙拉
2. **chef salad (chef's salad)** [ˋʃɛf ˋsæləd] *n.* 主廚沙拉
3. **dinner salad** [ˋdɪnə ˋsæləd] *n.* 主餐沙拉
4. **spinach salad** [ˋspɪnɪtʃ ˋsæləd] *n.* 菠菜沙拉
5. **tossed salad** [ˋtɔst ˋsæləd] *n.* 生菜沙拉

蔬菜沙拉

1. **carrot raisin salad** [ˋkærət ˋrezṇ ˋsæləd] *n.* 紅蘿蔔葡萄乾沙拉
2. **cucumber salad** [ˋkjukʌmbə ˋsæləd] *n.* 黃瓜沙拉
3. **Greek salad** [ˋgrik ˋsæləd] *n.* 希臘沙拉
4. **marinated mushroom salad** [mærəˋnetɪd ˋmʌʃrum ˋsæləd] *n.* 醃蘑菇沙拉
5. **tomato salad** [təˋmeto ˋsæləd] *n.* 蕃茄沙拉

肉類沙拉

1. **antipasto** [ˏæntɪˋpɑsto] *n.* 冷盤
2. **Asian chicken salad** [ˋeʒən ˋtʃɪkɪn ˋsæləd] *n.* 亞洲雞肉沙拉
3. **cobb salad** [koˋsæləd] *n.* 藍乳酪雞肉沙拉
4. **grilled chicken salad** [ˏgrɪld ˋtʃɪkɪn ˋsæləd] *n.* 烤雞肉沙拉
5. **taco salad** [ˋtɑko ˋsæləd] *n.* 墨西哥脆餅沙拉

熟食沙拉

1. **coleslaw** [ˈkolˌslɔ] *n.* 包心菜絲沙拉
2. **egg salad** [ˈɛg ˈsæləd] *n.* 雞蛋沙拉
3. **hummus** [ˈhʌməs] *n.* 鷹嘴豆芝麻醬沙拉
4. **macaroni salad** [ˌmækəˈronɪ ˈsæləd] *n.* 通心粉沙拉
5. **pasta salad** [ˈpɑstɑ ˈsæləd] *n.* 麵沙拉
6. **potato salad** [pəˈteto ˈsæləd] *n.* 馬鈴薯沙拉
7. **three-bean salad** [ˈθriˌbin ˈsæləd] *n.* 三色豆沙拉
8. **tuna salad** [ˈtunə ˈsæləd] *n.* 鮪魚沙拉

穀物沙拉

1. **couscous** [ˈkusˌkus] *n.* 北非粉條涼拌沙拉
2. **tabbouleh** [təˈbule] *n.* 塔博勒沙拉（以麥碎片、蕃茄、西洋芹、檸檬汁、橄欖油做成）

沙拉淋醬

1. **blue cheese (Roquefort) dressing** [ˈblu ˌtʃiz ˈdrɛsɪŋ] *n.* 藍乳酪醬
2. **French dressing** [ˈfrɛntʃ ˈdrɛsɪŋ] *n.* 法式淋醬
3. **honey mustard dressing** [ˈhʌnɪ ˈmʌstəd ˈdrɛsɪŋ] *n.* 蜂蜜芥茉醬
4. **Italian dressing** [ɪˈtæljən ˈdrɛsɪŋ] *n.* 義大利醬
5. **oil and vinegar** [ˈɔil ˌɛnd ˈvɪnɪgə] *n.* 橄欖油醋
6. **ranch dressing** [ˈræntʃ ˈdrɛsɪŋ] *n.* 田園淋醬
7. **raspberry vinaigrette** [ˈræzˌbɛrɪ ˌvɪnəˈgrɛt] *n.* 覆盆子油醋
8. **Russian dressing** [ˈrʌʃən ˈdrɛsɪŋ] *n.* 俄羅斯淋醬
9. **Thousand Island dressing** [ˈθauzn̩d ˈailənd ˈdrɛsɪŋ] *n.* 千島醬
10. **vinaigrette** [ˌvɪnəˈgrɛt] *n.* 酸醬油

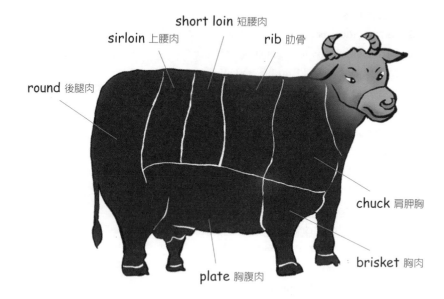

short loin 短腰肉

sirloin 上腰肉

rib 肋骨

round 後腿肉

chuck 肩胛胸

brisket 胸肉

plate 胸腹肉

牛排、肋排、烤牛肉

肩胛肉
- **1** **ground beef** [ˋɡraʊnd ˋbif] *n.* 牛絞肉
- **2** **pot roast** [ˋpɑt ˏrost] *n.* 悶燉牛肉
- **3** **short ribs** [ˋʃɔrt ˏrɪbs] *n.* 牛小排

肋骨
- **1** **rib eye steak** [ˋrɪb ˏaɪ ˋstek] *n.* 肋眼牛排
- **2** **rib roast** [ˋrɪb ˏrost] *n.* 烤肋排

短腰肉
- **1** **New York steak** [ˋnu ˏjɔrk ˋstek] *n.* 紐約牛排
- **2** **porterhouse steak** [ˋportɚhaʊs ˋstek] *n.* 上等腰肉牛排
- **3** **T-bone steak** [ˋtɪ ˏbon ˋstek] *n.* 丁骨牛排
- **4** **tenderloin steak** [ˋtɛndɚˏlɔɪn ˋstek] *n.* 嫩里脊肉排（又稱為 filet mignon）

上腰肉
- **1** **sirloin steak** [ˋsɝlɔɪn ˋstek] *n.* 沙朗牛排
- **2** **top sirloin steak** [ˋtɑp ˏsɝlɔɪn ˋstek] *n.* 頂級沙朗牛排

後腿肉
- **1** **cube steak** [ˋkjub ˋstek] *n.* 骰子牛排
- **2** **rump roast** [ˋrʌmp ˏrost] *n.* 烤後腿肉
- **3** **top round steak** [ˋtɑp ˏraʊnd ˋstek] *n.* 頂級後腿排

前腿上部肉和胸肉
- **1** **brisket** [ˋbrɪskɪt] *n.* 胸肉
- **2** **London broil** [ˋlʌndən ˋbrɔɪl] *n.* 倫敦牛排
- **3** **shank steak** [ˋʃæŋk ˋstek] *n.* 小腿排
- **4** **stewing beef** [ˋstuɪŋ ˏbif] *n.* 適合燉牛肉的部位

胸腹和側腹肉
- **1** **flank steak** [ˋflæŋk ˋstek] *n.* 側腹牛排
- **2** **skirt steak** [ˋskɝt ˋstek] *n.* 側腹橫肌牛排

其他牛類料理

牛肉料理

1. **beef bourguignon** [ˈbif͵bɜgənˋjɑn] *n.* 勃艮第牛肉

2. **beef jerky** [ˈbifˋdʒɝkɪ] *n.* 牛肉乾；牛肉條

3. **beef stew** [ˈbifˋstju] *n.* 燉牛肉

4. **beef stroganoff** [ˈbifˋstrɔgə͵nɔf] *n.* 俄式燴牛肉（牛肉切成片並在酸奶醬汁中煮）

5. **beef Wellington** [ˈbifˋwɛlɪŋtən] *n.* 酥皮威靈頓牛柳

6. **chicken fried steak** [ˈtʃɪkɪn͵fraɪdˋstek] *n.* 炸雞式牛排

7. **corned beef** [ˈkɔrndˋbif] *n.* 醃牛肉

8. **fajitas** [fəˋhitɑs] *n.* 法士達（烤過的牛肉或雞肉條，通常和玉米餅和其他餡料一起食用）

9. **ground beef (hamburger)** [ˈgraʊndˋbif] *n.* 碎牛肉（堡）

10. **meat balls** [ˈmit͵bɔls] *n.* 肉丸

11. **meatloaf** [ˈmit͵lof] *n.* 烤肉條（絞牛肉捲成長條之後烤）

12. **prime rib** [ˈpraɪm͵rɪb] *n.* 上等肋條

13. **Salisbury steak** [ˈsɔlz͵bɛrɪˋstek] *n.* 索爾茲伯里牛肉餅（碎牛肉加雞蛋、牛奶等）

內臟料理

1. **brains** [brens] *n.* 腦

2. **heart** [hɑrt] *n.* 心

3. **kidney** [ˈkɪdnɪ] *n.* 腰子

4. **liver** [ˈlɪvə] *n.* 肝

5. **sweetbread** [ˈswit͵brɛd] *n.* 小牛胰臟

6. **tongue** [tʌŋ] *n.* 舌

7. **tripe** [traɪp] *n.* 肚；腸

豬類料理

1 bacon [`bekən] *n.* 培根（醃燻豬肉）

2 barbecued pork [`barbɪ,kjud `pork] *n.* 燒烤豬肉

3 Canadian bacon [kə`nedɪən `bekən] *n.* 加拿大培根

4 carnitas [ka`nitas] *n.* 墨式燒肉（豬肉以豬油炸過後再料理）

5 chitlins [`tʃɪtl̩ɪnz] *n.* 豬腸（又可稱為 chitlings 或 chitterlings）

6 corn dog [`kɔrn ,dɔg] *n.* 玉米熱狗（熱狗沾麵粉油炸）

7 fatback [`fæt,bæk] *n.* 油鲱；背部肥肉

8 ham [hæm] *n.* 火腿

9 honey-baked ham [`hʌnɪ,bekt `hæm] *n.* 蜜汁火腿

10 mu shu pork [`mu,ʃu`pork] *n.* 木須肉

11 pigs' feet [`pɪgz `fit] *n.* 豬腳 /
pigs' knuckles [`pɪgz `nʌkl̩z] *n.* 豬蹄膀

12 pork chop [`pork `tʃap] *n.* 豬排

13 pork cutlet [`pork `kʌtlɪt] *n.* 豬肉片

14 pork rind [`pork `raɪnd] *n.* 豬皮

15 pork roast [`pork ,rost] *n.* 烤豬

16 ribs [rɪbs] *n.* 肋排

17 salt pork [`sɔlt `pork] *n.* 臘肉；醃豬肉

18 sausage [`sɔsɪdʒ] *n.* 香腸 / banger [`bæŋɚ] *n.* 【英】臘腸 /
chorizo [tʃə`rizo] *n.* 西班牙辣香腸

19 smoked ham [`smokt `hæm] *n.* 煙燻火腿

20 sweet and sour pork [`swit ,ɛnd ,saʊr `pork] *n.* 糖醋排骨

166 羊肉與其他肉類

CD2 30

Section 3 用餐好用字

羊肉

1 **gyro** [`ɪro] *n.* 希臘式羊肉三明治

2 **lamb chops** [`læm ˌtʃaps] *n.* 羊排

3 **lamb roast** [`læm ˌrost] *n.* 烤羊肉

4 **leg of lamb** [`lɛg ˌəv `læm] *n.* 羊腿

5 **rack of lamb** [`ræk ˌəv `læm] *n.* 羊肋排

較罕見的肉類

1 **alligator** [`æləˌgetə] / **crocodile** [`krakəˌdaɪl] *n.* 鱷魚

2 **bear** [bɛr] *n.* 熊

3 **boar** [bor] *n.* 野（山）豬

4 **buffalo** [`bʌfˌlo] *n.* 北美野牛

5 **dog** [dɔg] *n.* 狗

6 **frog** [frɑg] *n.* 蛙

7 **grasshoppers** [`græsˌhɑpəz] *n.* 蚱蜢

8 **horse** [hɔrs] *n.* 馬

9 **kangaroo** [ˌkæŋgə`ru] *n.* 袋鼠

10 **opossum** [ə`pasəm] *n.* 負鼠

11 **rabbit** [`ræbɪt] *n.* 兔子 / **hare** [hɛr] *n.* 野兔

12 **snake** [snek] *n.* 蛇

13 **venison** [`vɛnəzn̩] *n.* 鹿肉

其他關於肉類的名詞

1 **halal** [hə`lal] *n.* 符合回教教規的食物

2 **kosher** [`koʃə] *n.* 符合猶太教教規的食物

167 加工肉類

冷盤

1. **bologna** [bə`loni] *n.* 波隆那香腸（包含牛、豬等多樣肉類的燻製香腸）
2. **chicken breast** [`tʃɪkɪn `brɛst] *n.* 雞胸肉
3. **corned beef** [`kɔrnd `bif] *n.* 醃牛肉
4. **ham** [hæm] *n.* 火腿
5. **pastrami** [pə`strɑmɪ] *n.* 煙燻牛肉
6. **prosciutto** [pro`ʃuto] *n.* 五香煙燻火腿
7. **roast beef** [ˌrost `bif] *n.* 烤牛肉
8. **salami** [sə`lɑmɪ] *n.* （義大利）薩拉米香腸
9. **turkey breast** [`tɜkɪ ˌbrɛst] *n.* 火雞雞胸肉

其他

1. **head cheese** [`hɛd`tʃiz] *n.* 碎肉凍
2. **hot dog** [`hɑt `dɔg] *n.* 熱狗
3. **liverwurst** [`lɪvəˌwɜst] *n.* 肝香腸
4. **meatloaf** [`mitˌlof] *n.* 烤肉條（絞牛肉捲成長條之後烤）
5. **mystery meat** [`mɪstrɪ `mit] *n.* 絞肉餅
   （套餐中的絞肉餅，其名稱來由是因其中的食材難以辨識）
6. **pâté** [pɑ`te] *n.* 鵝肝醬；肉（肝）末餅
7. **pepperoni** [ˌpɛpə`roni] *n.* 義大利辣味香腸
8. **pimiento loaf** [pɪ`mɛnto `lof] *n.* 甜椒肉條
9. **SPAM** [spæm] *n.* 【商標】豬絞肉罐頭
10. **summer sausage** [`sʌməˌ`sɔsɪdʒ] *n.* （乾燥或燻製）香腸
11. **variety meat** [və`raɪətɪ `mit] *n.* 雜肉

168 雞肉與雞類料理

Section 3 用 餐 好 用 字

雞肉部位

1 **breast** [brɛst] *n.* 胸肉
2 **chicken feet** [ˋtʃɪkɪn ˋfit] *n.* 雞爪
3 **drum stick** [ˋdrʌm ˌstɪk] *n.* 雞腿
4 **giblets** [ˋdʒɪblɪts] *n.* 內臟
5 **thigh** [θaɪ] *n.* 大腿
6 **white meat** [ˋhwaɪt ˋmit] *n.* 白肉（雞胸肉等）
7 **dark meat** [ˋdark ˋmit] *n.* 紅肉（雞腿肉等）
8 **wing** [wɪŋ] *n.* 雞翅

雞肉料理

1 **buffalo wings** [ˋbʌfḷo ˋwɪŋs] *n.* 辣雞翅
2 **chicken a la king** [ˋtʃɪkɪn ˌɑlə ˋkɪŋ] *n.* 國王雞肉
（以雞肉、洋蔥、蘑菇、牛奶等煮成的料理）
3 **chicken cacciatore** [ˋtʃɪkɪn ˌkaʃɪˋtori] *n.* 義大利獵人雞
（雞肉先煎過，再加入洋蔥、蘑菇、蕃茄等煮成）
4 **chicken Kiev** [ˋtʃɪkɪn kiˋɛf] *n.* 基輔雞（以奶油為內餡、外裹麵粉糊，再炸至酥脆的雞肉捲）
5 **chicken Marsala** [ˋtʃɪkɪn marˋsala] *n.* 義大利甜酒燴雞
6 **chicken Parmesan** [ˋtʃɪkɪn ˋparməˌzan] *n.* 帕馬森乾酪烤雞
7 **chicken pot pie** [ˋtʃɪkɪn ˌpat ˋpaɪ] *n.* 雞肉派
8 **coq au vin** [ˌkɔk ɔ ˋven] *n.* 法式燒酒雞
9 **General Tso's chicken** [ˋdʒɛnərəl ˌtsoz ˋtʃɪkɪn] *n.* 左宗棠雞
（先將雞塊炸過，再淋上酸甜辣醬）
10 **kung pao chicken** [ˋkʌŋ ˌpau ˋtʃɪkɪn] *n.* 宮保雞丁
11 **Tandoori chicken** [ˌtənˋdurɪ ˋtʃɪkɪn] *n.* 印度唐杜里燒雞
12 **teriyaki chicken** [ˌtɛrɪˋjakɪ ˋtʃɪkɪn] *n.* 照燒雞
13 **yakitori** [jakɪˋtorɪ] *n.* 日式烤雞肉串

其他禽肉與禽類料理

火雞

1. roast turkey breast [`rost `tɜkɪ `brɛst] *n.* 烤火雞胸肉
2. roast turkey with stuffing [`rost `tɜkɪ ˌwɪð `stʌfɪŋ] *n.* 烤火雞
3. turkey noodle soup [`tɜkɪ `nudl `sup] *n.* 火雞湯麵
4. turkey pot pie [`tɜkɪ `pɑt `paɪ] *n.* 火雞派
5. turkey salad [`tɜkɪ `sæləd] *n.* 火雞沙拉
6. turkey salad sandwich [`tɜkɪ `sæləd `sændwɪtʃ] *n.* 火雞沙拉三明治
7. turkey sandwich [`tɜkɪ `sændwɪtʃ] *n.* 火雞肉三明治
8. turkey sausage [`tɜkɪ `sɔsɪdʒ] *n.* 火雞臘腸

鴨

1. braised duck [`brezd `dʌk] *n.* 燉鴨
2. duck soup [`dʌk ˌsup] *n.* 鴨肉湯
3. duck with apple dressing [`dʌk ˌwɪð `æpl `drɛsɪŋ] *n.* 蘋果醬鴨
4. Peking duck [`piˋkɪŋ `dʌk] *n.* 北京烤鴨
5. plum glazed duck [`plʌm ˌglezd `dʌk] *n.* 梅汁鴨肉
6. roast duck with hoisin sauce [`rost `dʌk ˌwɪð `hɔɪˌsən `sɔs] *n.* 海鮮醬烤雞

其他禽肉料理

1. Cornish game hen [`kɔrnɪʃ `gem `hɛn] *n.* 冷凍小雞
2. goose [gus] *n.* 鵝
3. ostrich [`ɔstrɪtʃ] *n.* 鴕鳥
4. pheasant [`fɛznt] *n.* 雉雞
5. quail [kwel] *n.* 鵪鶉
6. squab [skwɑb] *n.* 乳鴿

170 魚類料理

常見料理方式

1 bake [bek] *v.* 烤

2 bread [brɛd] *v.* 裹麵包

3 broil [brɔɪl] *v.* 烤

4 deep fry [dip fraɪ] *v.* 油炸

5 grill [grɪl] *v.* 以烤爐烤

6 sear [sɪr] *v.* 爆炒

7 smoke [smok] *v.* 煙燻

常見調味料與醬汁

1 Cajun sauce [ˋkedʒən ˋsɔs] *n.* 肯郡醬

2 lemon [ˋlɛmən] *n.* 檸檬 / **lemon juice** [ˋlɛmən ˋdʒus] *n.* 檸檬汁

3 mango salsa [ˋmæŋgo ˋsɑlsə] *n.* 芒果莎莎醬

4 orange sauce [ˋɔrɪndʒ ˋsɔs] *n.* 橘子醬（又稱為 l'orange）

5 tartar sauce [ˋtɑrtə ˋsɔs] *n.* 塔塔醬

6 tomato sauce [təˋmeto ˋsɔs] *n.* 蕃茄醬

7 white wine sauce [ˋhwaɪt ˏwaɪn ˋsɔs] *n.* 白酒醬

淡水魚料理

1 bass [bes] in white wine sauce 白酒鱸魚

2 blackened Cajun catfish [ˋkæt.fɪʃ] *n.* 黑肯郡醬鯰魚

3 crayfish (crawfish/crawdad) [ˋkre.fɪʃ] jambalaya *n.* 小龍蝦燉飯

4 breaded perch [ˋpɜtʃ] filets *n.* 酥炸河鱸排

5 baked brook trout amandine [ˋtraut ˏamənˋdɪn] *n.* 烤杏仁鱒魚

6 beer baked whitefish [ˋhwaɪt.fɪʃ] *n.* 啤酒烤白鮭魚

海水魚料理

1. pan roasted **Chilean sea bass** [ˋtʃɪlɪən ˋsi ˋbes] *n.* 香烤智利黑鱸

2. baked **cod** [kɑb] with lemon butter *n.* 檸檬奶油烤鱈魚

3. grilled **eel** [il] *n.* 烤鰻魚

4. **flounder** [ˋflaʊndɚ] l'orange *n.* 橘醬比目魚

5. steamed **halibut** [ˋhæləbət] in tomato sauce *n.* 蒸蕃茄比目魚

6. pickled **herring** [ˋhɛrɪŋ] *n.* 醃鯡魚

7. grilled **mackerel** [ˋmækərəl] with mustard sauce *n.* 煎芥茉鯖魚

8. pan seared **mahi-mahi** [ˋmɑhi ˋmɑhi] in orange sauce *n.* 橙汁香煎鱙鰍魚

9. broiled **orange roughy** [ˋɔrɪndʒ ˋrʌfɪ] with tartar sauce
   n. 塔塔醬燒紐西蘭紅魚

10. deep fried **red snapper** [ˋrɛd ˋsnæpɚ] *n.* 炸紅鯛

11. grilled **salmon** [ˋsæmən] steak *n.* 烤鮭魚排

12. marinated **sardines** [sɑr ˋdɪn] *n.* 醃漬沙丁魚

13. **shark** Marseillaise [ˋʃɑrk ˌmɑrsɪˋe] *n.* 馬賽鯊魚

14. dover **sole** meuniere [ˋdovɚ ˌsol ˌmənˋjɛr] *n.* 奶油香煎多佛比目魚

15. **swordfish** [ˋsordˌfɪʃ] (**marlin**) steak with mango salsa *n.* 芒果醬旗魚排

16. **tuna** [ˋtunə] casserole *n.* 砂鍋鮪魚

其他魚料理

1. **fish and chips** *n.* 魚配薯條

2. **fish cakes** *n.* 魚塊

3. **fish sticks** *n.* 魚柳

4. **filet of fish burger** *n.* 魚排堡

171 其他海鮮料理

軟體類

1️⃣ poached **abalone** [ˌæbə`lonɪ] with lemon *n.* 檸檬鮑魚

2️⃣ linguine with white **clam** [klæm] sauce *n.* 白酒蛤蠣細麵

3️⃣ **mussels** marinara [`mʌsl̩s ˌmarə`narə] *n.* 蒜味蕃茄淡菜

4️⃣ **oysters** [`ɔɪstɚz] Rockefeller *n.* 牡蠣洛克菲勒

5️⃣ pan-fried **scallops** [`skaləps] and garlic *n.* 香煎大蒜扇貝

6️⃣ braised **sea cucumber** [`si`kjukʌmbɚ] *n.* 燉海參

7️⃣ boiled **sea snails** [`si ˌsnels] *n.* 海螺

甲殼類

1️⃣ **crab** [kræb] cakes *n.* 蟹堡

2️⃣ **lobster** thermidor [`labstɚ `θɜmədɔr] *n.* 起司焗龍蝦

3️⃣ stuffed **tiger prawns** [`taɪgɚ`prɔns] *n.* 虎斑蝦捲

4️⃣ **shrimp** [ʃrɪmp] cocktail *n.* 雞尾酒蝦沙拉

頭足類

1️⃣ **cuttlefish** [`kʌtl̩ˌfɪʃ] sashimi with squid ink noodles *n.* 墨魚生魚片搭配墨魚麵

2️⃣ **octopus** [`aktəpəs] in red wine sauce *n.* 紅酒章魚

3️⃣ deep fried **calamari (squid)** [ˌkɑlɑ`mɑri] *n.* 炸小卷

其他海鮮

1️⃣ **sea urchin** [`si `ɜtʃɪn] sushi *n.* 海膽壽司

2️⃣ **whale** sashimi [`hwel sə`ʃimɪ] *n.* 鯨魚生魚片

其他海鮮料理

1️⃣ **caviar** [ˌkævɪ`ar] *n.* 魚子醬

2️⃣ **ceviche** [ˌsə`vɪtʃe] *n.* 生魚沙拉

3️⃣ **jambalaya** [ˌdʒʌmbə`laja] *n.* 燉飯

4️⃣ **paella** [paɪ`ea] *n.* 西班牙什錦飯

172 香料、醬汁和調味料

香料

1. **basil** [ˋbæzl] *n.* 羅勒；九層塔
2. **cilantro** [sɪˋlɑntro] *n.* 胡荽
3. **oregano** [əˋrɛgə͵no] *n.* 牛至草；和香菜
4. **rosemary** [ˋroz͵mɛrɪ] *n.* 迷迭香
5. **salt and pepper** [ˋsɔlt͵ændˋpɛpə] *n.* 鹽與胡椒

醬汁

1. **barbecue sauce** [ˋbɑrbɪ͵kjuˋsɔs] *n.* 烤肉醬
2. **cocktail sauce** [ˋkɑk͵telˋsɔs] *n.* 雞尾酒醬
3. **mint sauce** [ˋmɪntˋsɔs] *n.* 薄荷醬
4. **mole** [ˋmo͵le] *n.* 摩爾醬；墨西哥辣椒醬
5. **teriyaki sauce** [͵tɛrɪˋjɑkɪˋsɔs] *n.* 日式照燒醬

調味料

1. **brown mustard** [ˋbraʊnˋmʌstəd] *n.* 棕芥茉
2. **yellow mustard** [ˋjɛloˋmʌstəd] *n.* 黃芥茉
3. **guacamole** [ˋgwɑkə͵moli] *n.* 鱷梨醬
4. **ketchup** [ˋkɛtʃəp] *n.* 蕃茄醬
5. **mayonnaise** [͵meəˋnez] *n.* 美乃滋
6. **relish** [ˋrɛlɪʃ] *n.* （引起食慾的）佐料
7. **salsa** [ˋsɔlsə] *n.* 莎莎醬
8. **steak sauce** [ˋstekˋsɔs] *n.* 牛排醬
9. **tabasco sauce** [təˋbæskoˋsɔs] *n.* 塔巴斯哥辣醬
10. **worcestershire sauce** [ˋwʊstəͺʃɪrˋsɔs] *n.* 烏斯特郡醬油

細麵

1. **angel hair** [ˈendʒəl ˈhɛr] / **capellini** [ˈkæpəlɪnɪ] *n.* 天使髮麵
2. **spaghetti** [spəˈgɛtɪ] *n.* 義大利麵條
3. **vermicelli** [ˌvɜməˈsɛlɪ] *n.* 義大利細麵

寬麵

1. **fettuccine** [ˌfɛtəˈtʃini] *n.* 義大利寬麵
2. **lasagna** [ləˈzænjə] *n.* 義大利滷汁寬麵
3. **linguine** [ˌlɪnˈkwɪnɪ] *n.* 義大利扁麵

造型麵

1. **conchiglie** [kɔnˈtʃile] *n.* 貝殼麵
2. **farfalle** [fəˈfɑle] *n.* 領結麵
3. **gemelli** [gəˈmɛli] *n.* 車輪麵
4. **rotini** [roˈtɪni] *n.* 螺旋麵

管狀麵

1. **cannelloni** [ˌkænlˈoni] *n.* 義式麵捲
2. **elbow macaroni** [ˈɛlˌbo ˌmækəˈronɪ] *n.* 肘狀通心粉
3. **mostaccioli** [ˌmʌstəˈkoli] *n.* 斜切短通心麵；水管麵
4. **penne** [ˈpɛnɪ] *n.* 尖管麵
5. **rigatoni** [ˌrɪgəˈtoni] *n.* 有溝形花紋的短管麵
6. **ziti** [ˈzɪti] *n.* 中型管狀通心粉

小型麵

1. **couscous** [ˈkusˌkus] *n.* 蒸粗麵粉；蒸丸子
2. **orzo** [ˈɔrzo] *n.* 穀粒麵

包餡麵

1. **ravioli** [ˌrævɪˈolɪ] *n.* 義大利餃子
2. **tortellini** [ˌtɔrtəˈlini] *n.* 義大利環形餃子

義大利麵醬和其他相關名稱　`CD2` 38

麵醬

1. **alfredo sauce** [`ɔlfredə `sɔs] *n.* 白醬
2. **arrabbiata sauce** [ˌærəbiˈatə `sɔs] *n.* 茄醬
3. **bolognese sauce** [ˌbolə`nez `sɔs] *n.* 肉醬
4. **carbonara** [ˌkɑrbə`nɑrə] *n.* 奶油培根醬
5. **cheese sauce** [`tʃiz `sɔs] *n.* 乳酪醬
6. **cream sauce** [`krim `sɔs] *n.* 奶油醬
7. **garlic butter sauce** [`gɑrlik `bʌtə `sɔs] *n.* 大蒜奶油醬
8. **marinara** [ˌmærə`nærə] *n.* 大蒜蕃茄醬
9. **meat sauce** [`mit `sɔs] *n.* 肉醬
10. **mushroom sauce** [`mʌʃrum `sɔs] *n.* 蘑菇醬
11. **pesto** [`pɛsto] *n.* 香蒜醬
12. **pomodoro sauce** [`poməˌdoro `sɔs] *n.* 蕃茄醬
13. **tomato sauce** [tə`meto `sɔs] *n.* 蕃茄醬汁
14. **tomato cream sauce** [tə`meto ˌkrim `sɔs] *n.* 蕃茄奶油醬

其他名稱

1. **al dente** [ɔl`dɛnˌte] *adj.* 煮得恰到好處的；有嚼勁的
2. **black pasta** [`blæk `pɑstə] *n.* 黑麵
3. **green pasta** [`grin `pɑstə] *n.* 綠麵
4. **red pasta** [`rɛd `pɑstə] *n.* 紅麵
5. **semolina** [ˌsɛmə`linə] *n.*（北非特有）粗粒麵粉
6. **macaroni and cheese** [ˌmækə`roni ˌɛnd `tʃiz] *n.* 乳酪通心粉

175 穀物和麵包

穀物

1 **barley** [ˋbɑrlɪ] *n.* 大麥

2 **corn (maize)** [kɔrn] *n.* 玉米

3 **oats** [ots] *n.* 燕麥

4 **rye** [raɪ] *n.* 黑麥

5 **wheat** [hwit] *n.* 小麥

麵包

1 **bagels** [ˋbegəls] *n.* 貝果（狀似甜甜圈的硬麵包）

2 **corn bread** [ˋkɔrn ˏbrɛd] *n.* 玉米糕

3 **focaccia** [foˋkɑtʃɪɑ] *n.* 義大利香草麵包

4 **French bread** [ˋfrɛntʃ ˋbrɛd] / **French roll** [ˋfrɛntʃ ˋrol] *n.* 法國麵包

5 **rye bread** [ˋraɪ ˏbrɛd] *n.* 黑麥麵包

6 **garlic bread** [ˋgɑrlɪk ˏbrɛd] *n.* 大蒜麵包

7 **multi-grain** [ˋmʌltɪ ˏgren] *n.* 雜糧麵包

8 **pumpernickel** [ˋpʌmpə ˏnɪkl] *n.* 裸麥黑麵包

9 **sourdough** [ˋsaur ˏdo] *n.* 酵母麵包

10 **white bread** [ˋhwaɪt ˏbrɛd] *n.* 白麵包

11 **whole wheat** [ˋhol ˋhwit] *n.* 全麥麵包

麵包類食品

1 **hominy** [ˋhɑmənɪ] / **grits** [grɪts] *n.* 玉米片；玉米粥

2 **oatmeal** [ˋot ˏmil] *n.* 燕麥片

3 **steamed bun** [ˋstimd ˏbʌn] *n.* 蒸小圓麵包

4 **tortilla** [tɔrˋtijɑ] *n.* 玉米薄片（有 corn「玉米」和 flour「麵粉」二種選擇）

176 米飯和米類料理

米的種類

1. **brown rice** [ˈbraʊn ˌraɪs] *n.* 糙米
2. **jasmine rice** [ˈdʒæsmɪn ˌraɪs] *n.* 香米
3. **long-grained rice** [ˈlɔŋ ˌgrend ˌraɪs] *n.* 長米
4. **medium-grained rice** [ˈmidɪəm ˌgrend ˌraɪs] *n.* 中米
5. **short-grained rice** [ˈʃɔrt ˌgrend ˌraɪs] *n.* 短米
6. **sticky (glutinous) rice** [ˈstɪkɪ ˌraɪs] *n.* 糯米
7. **white rice** [ˈhwaɪt ˌraɪs] *n.* 白米

米飯料理

1. **congee** [ˈkɑndʒi] *n.* 粥
2. **dirty rice** [ˈdɜtɪ ˌraɪs] *n.* 加入剁碎的雞鴨內臟煮成的飯
3. **fried rice** [ˈfraɪd ˌraɪs] *n.* 炒飯
4. **herbed rice** [ˈhɜbd ˌraɪs] *n.* 香草飯
5. **jambalaya** [ˌdʒʌmbəˈlaja] *n.* 什錦飯
6. **rice noodles** [ˈraɪs ˈnudls] *n.* 米粉
7. **rice pilaf** [ˈraɪs ˈpɪlaf] *n.* 調味炒飯
8. **risotto** [rɪˈsoto] /**rice casserole** [ˈraɪs ˈkæsəˌrol] *n.* 義大利燉飯
9. **saffron rice** [ˈsæfrən ˌraɪs] *n.* 印度黃飯；蕃紅花飯
10. **Spanish rice** [ˈspænɪʃ ˌraɪs] *n.* 西班牙炒飯
11. **sushi** [ˈsusɪ] *n.* 壽司

米類點心

1. **mochi** [ˈmotʃi] *n.* 麻糬
2. **rice cakes** [ˈraɪs ˌkeks] *n.* 米果

177 三明治

CD2 41

Section
3
用
餐
好
用
字

三明治的種類

1 **falafal** [fə`lɑfl] *n.* 沙拉三明治

2 **gyro** [`ɪro] *n.*（夾有牛肉或羊肉的）蒜味希臘式三明治

3 **open-faced sandwich** [`open ˏfest `sændwɪtʃ]
　 n.（上面不蓋麵包、只有餡的）單片三明治

4 **submarine** [ˏsʌbmə`rin] *n.* 潛艇堡

5 **wrap** [ræp] *n.* 捲餅

熱三明治

1 **French dip** [`frɛntʃ ˏdɪp] *n.* 法式三明治

2 **grilled cheese** [`grɪld `tʃiz] *n.* 烤起司三明治

3 **meatball** [`mit ˏbɔl] *n.* 肉丸

4 **Monte Cristo** [`mɑntɪ `krɪsto] *n.* 基督山三明治

5 **philly cheesesteak** [`fɪlɪ ˏtʃiz`stek] *n.* 起司牛肉堡

6 **tuna melt** [`tunə`mɛlt] *n.* 單片鮪魚焗三明治

經典三明治

1 **BLT (= bacon, lettuce, and tomato sandwich)** *n.* 培根、生菜、蕃茄三明治

2 **club** [klʌb] *n.* 總匯三明治

3 **cucumber** [`kjukʌmbə] *n.* 黃瓜三明治

4 **egg** [ɛg] **/ tuna** [`tunə] **/ chicken salad** [`tʃɪkɪn `sæləd]
　 n. 蛋／鮪魚／雞肉沙拉三明治

5 **ham and cheese** [`hæm ˏɛnd `tʃiz] *n.* 起司火腿三明治

6 **knuckle** [`nʌkl] *n.* 肘；蹄（此詞非指吃的三明治，give sb. a knuckle sandwich 相當於中文的「某人吃了我一拳」）

7 **peanut butter and jelly** [`pi ˏnʌt`bʌtə ˏɛnd`dʒɛlɪ] *n.* 花生醬和果醬三明治

8 **pastrami** [pə`strɑmɪ] *n.* 煙燻牛肉三明治

9 **reuben** [`rubɪn] *n.* 魯賓三明治（黑麵包夾鹹牛肉和泡菜）

10 **roast beef** [`rost `bif] *n.* 烤牛肉三明治

178 披薩

肉類餡料

1 **anchovies** [ˈænˌtʃovɪs] *n.* 鯷類（常加鹽做成魚醬或魚汁）

2 **bacon** [ˈbekən] *n.* 培根

3 **chicken** [ˈtʃɪkɪn] *n.* 雞肉

4 **ham** [hæm] *n.* 火腿

5 **pepperoni** [ˌpɛpəˈroni] *n.* 義大利辣味香腸

6 **sausage** [ˈsɔsɪdʒ] *n.* 香腸；臘腸

蔬果類餡料

1 **artichokes** [ˈɑrtɪˌtʃok] *n.* 朝鮮薊

2 **green peppers** [ˈgrin ˈpɛpəz] *n.* 青辣椒

3 **jalapeño peppers** [ˌhalaˈpɛnjo ˈpɛpəz] *n.* 墨西哥辣椒

4 **mushrooms** [ˈmʌʃrumz] *n.* 蘑菇；洋菇

5 **olives** [ˈɑlɪvz] *n.* 橄欖

6 **onions** [ˈʌnjənz] *n.* 洋蔥

7 **pineapple** [ˈpaɪnˌæpl] *n.* 鳳梨

8 **tomatoes** [təˈmetoz] *n.* 蕃茄

9 **sun-dried tomatoes** [ˈsʌnˌdraɪd təˈmetoz] *n.* 蕃茄乾

餅皮

1 **thin crust** [ˈθɪn ˈkrʌst] *n.* 薄餅皮

2 **thick crust** [ˈθɪk ˈkrʌst] *n.* 厚餅皮

3 **pan pizza** [ˈpæn ˈpitsə] *n.* 厚底薄餅 / **deep-dish** [ˈdipˈdɪʃ] *n.* 深盤型披薩

4 **stuffed crust** [ˈstʌftˈkrust] *n.* 包餡的餅皮（如芝心比薩）

口味

1 **Chicago-style** [ʃɪˈkagoˌstaɪl] *n.* 芝加哥風味

2 **New York-style** [ˌnuˈjɔrkˌstaɪl] *n.* 紐約風味

179　早餐

肉類

1. **bacon** [ˋbekən] *n.* 培根
2. **Canadian bacon** [kəˋnedɪənˋbekən] *n.* 加拿大培根
3. **corned beef hash** [ˋkɔrndˋbifˋhæʃ] *n.* 醃牛肉餅
4. **ham** [hæm] *n.* 火腿
5. **sausage links** [ˋsɔsɪdʒˋlɪŋks] *n.* 香腸串
6. **sausage patties** [ˋsɔrsɪdʒˋpætɪz] *n.* 香腸絞肉餅
7. **steak** [stek] *n.* 牛排

蛋的種類

1. **hard boiled** [ˋhardˋbɔɪld] *adj.* 全熟的
2. **over easy** [ˋovɚˋizɪ] *adj.* 煎兩面的（荷包蛋）
3. **over medium** [ˋovɚˋmidɪəm] *adj.* 蛋黃半熟的
4. **poached** [potʃt] *adj.* 水煮的
5. **scrambled** [ˋskræmbḷd] *n.* 炒的
6. **soft boiled** [ˋsɔftˋbɔɪld] *n.* 半熟的
7. **sunny side up** [ˋsʌnɪ͵saɪdˋʌp] *n.* 煎一面的（荷包蛋）

蛋餅

1. **build-your-own omelet** [ˋbɪld͵jʊr͵onˋamlɪt] *n.* 自製蛋餅
2. **Denver omelet** [ˋdɛnvɚˋamlɪt] *n.* 丹佛煎蛋捲
3. **Greek omelet** [ˋgrikˋamlɪt] *n.* 希臘煎蛋捲

其他的蛋料理

1. **breakfast burrito** [ˋbrɛkfəstˋbɝɪ͵to] *n.* 墨式麵餅捲
2. **egg beaters** [ˋɛgˋbitɚz] *n.* 蛋白
3. **eggs Benedict** [ˋɛgˋbɛnə͵dɪkt] *n.* 班尼迪蛋

（鬆餅上加上燻肉、波菜、水煮蛋，再淋上荷蘭汁）

232　用餐 900 句典

馬鈴薯的料理

1 hash browns [ˋhæʃˋbraʊns] *n.* 馬鈴薯煎餅

2 home fries [ˋhomˋfraɪz] *n.* 自製薯條

烤盤、煎鍋類的料理

1 Belgian waffle [ˋbɛldʒɪənˋwafl] *n.* 比利時鬆餅

2 French toast [ˋfrɛntʃˋtost] *n.* 法式吐司

3 pancakes [ˋpænˏkeks] *n.* 薄煎餅

4 pigs in a blanket [ˋpɪgzˏɪnˏəˋblæŋkɪt] *n.* 豬肉夾餅

5 waffle [ˋwafl] *n.* 鬆餅

麵包和酥皮點心

1 bagel [ˋbegəl] *n.* 貝果

2 cinnamon roll [ˋsɪnəmənˋrol] *n.* 肉桂捲

3 donuts [ˋdoˏnʌts] *n.* 甜甜圈

4 English muffin [ˋɪŋglɪʃˋmʌfɪn] *n.* 英式鬆餅

5 muffin [ˋmʌfɪn] *n.* 小甜鬆糕（常烘烤成杯狀或圓麵包狀）

早餐麥片

1 corn flakes [ˋcɔrnˋfleks] *n.* 玉米片

2 granola [grəˋnolɑ] *n.* 格蘭諾拉麥片（燕麥片加葡萄乾、紅糖混合而成）

3 muesli [ˋmjʊzˏlɪ] *n.* 牛奶什錦早餐（穀物、葡萄乾、碎蘋果和牛奶混合而成的）

4 oatmeal [ˋotˏmil] *n.* 燕麥片

土司

1 rye [raɪ] *n.* 黑麥／裸麥土司

2 sourdough [ˋsaʊrˏdo] *n.* 酵母土司

3 wheat [hwit] *n.* 小麥

4 white [hwaɪt] *n.* 白土司

Section
3
用
餐
好
用
字

蛋糕

■1 **angel food (sponge) cake** [`endʒəl ˌfud`spʌndʒ ˌkek]
n. 天使海綿蛋糕（以蛋白製成的清淡蛋糕）

■2 **black forest cake** [`blæk`fɔrɪst ˌkek] *n.* 黑森林蛋糕

■3 **bundt cake** [`bʌnt ˌkek] *n.* 邦迪蛋糕（環形、有溝紋的蛋糕）

■4 **carrot cake** [`kærət ˌkek] *n.* 紅蘿蔔蛋糕

■5 **cheesecake** [`tʃiz ˌkek] *n.* 乳酪蛋糕

■6 **chocolate cake** [`tʃɔklɪt ˌkek] *n.* 巧克力蛋糕

■7 **coffee cake** [`kɔfɪ ˌkek] *n.* 咖啡蛋糕

■8 **crumb cake** [`krʌm ˌkek] *n.* 糖霜蛋糕

■9 **cupcake** [`kʌp ˌkek] *n.* 杯形蛋糕

■10 **devil's food cake** [`dɛvls ˌfud ˌkek] *n.* 魔鬼蛋糕
（相對於天使蛋糕，是重口味的濃巧克力／可可蛋糕）

■11 **fruitcake** [`frut ˌkek] *n.* 水果蛋糕

■12 **German chocolate cake** [`dʒɜmən`tʃɔklɪt ˌkek] *n.* 德國黑森林巧克力蛋糕

■13 **ice cream cake** [`aɪs ˌkrim ˌkek] *n.* 冰淇淋蛋糕

■14 **pineapple upside-down cake** [`paɪn ˌæpl`ʌp ˌsaɪd`daʊn ˌkek] *n.* 波蘿反轉蛋糕

■15 **pound cake** [`paʊnd`kek] *n.* 奶油蛋糕（用各一磅相等份量的材料作成的蛋糕）

■16 **shortcake** [`ʃɔrt ˌkek] *n.* 水果酥餅

■17 **spice cake** [`spaɪs ˌkek] *n.* 香料蛋糕

■18 **tiramisu** [ˌtɪrə`mi ˌsu] *n.* 提拉米蘇
（一層層浸了咖啡或酒類的海綿蛋糕，夾著乳酪，上頭再撒上巧克力粉而成）

糖霜

■1 **caramel frosting** [`kærəml ˌfrɔstɪŋ] *n.* 焦糖

■2 **marzipan** [`mɑrzɪ ˌpæn] *n.* 杏仁餅

181 派

水果派

1 **apple pie** [ˋæplˏpaɪ] *n.* 蘋果派

2 **apple pie a la mode** [ˋæplˏpaɪˏaləˋmod] *n.* 冰淇淋蘋果派

3 **blueberry pie** [ˋbluˏbɛrɪˏpaɪ] *n.* 藍莓派

4 **cherry pie** [ˋtʃɛrɪˏpaɪ] *n.* 櫻桃派

5 **peach pie** [ˋpitʃˏpaɪ] *n.* 桃子派

奶類軟餡派

1 **banana cream pie** [bəˋnænəˏkrimˏpaɪ] *n.* 香蕉奶油派

2 **Boston cream pie** [ˋbostn̩ˏkrimˏpaɪ] *n.* 波斯頓奶油派

3 **coconut cream pie** [ˋkokənətˏkrimˏpaɪ] *n.* 奶油椰子派

4 **key lime pie** [ˋkiˏlaɪmˏpaɪ] *n.* 清爽萊姆派

5 **lemon chiffon pie** [ˋlɛmənˋʃɪfənˏpaɪ] *n.* 檸檬戚風蛋糕

6 **lemon meringue pie** [ˋlɛmən məˋræŋˏpaɪ] *n.* 檸檬派

其他種類的派

1 **pumpkin pie** [ˋpʌmpkɪnˏpaɪ] *n.* 南瓜派

2 **pecan pie** [pɪˋkɑnˏpaɪ] *n.* 胡桃派

3 **rhubarb pie** [ˋrubɑrbˏpaɪ] *n.* 大黃根派

4 **cutie pie** [ˋkjutɪˏpaɪ] *n.* 可愛的人 (此詞非指吃的派，而是指「可愛的人」)

其他類似派的點心

1 **blueberry cobbler** [ˋbluˏbɛrɪˋkɑblə] *n.* 藍梅脆皮水果派

2 **apple crisp** [ˋæplˏkrɪsp] *n.* 蘋果脆餅

3 **apricot empanada** [ˋæprɪˏkɑtˏɛmpəˋnɑdɑ] *n.* 杏仁餡餅 (狀似水餃，但尺寸較大)

4 **cherry tart** [ˋtʃɛrɪˏtɑrt] *n.* 櫻桃塔

5 **peach turnover** [ˋpitʃˋtɜnˏovə] *n.* 桃子派

182　冰淇淋與冰品

常見的冰淇淋口味

1 **chocolate** [ˈtʃɔklɪt] *n.* 巧克力

2 **vanilla** [vəˈnɪlə] *n.* 香草

3 **strawberry** [ˈstrɔˌbɛrɪ] *n.* 草莓

4 **pistachio** [pɪsˈtaʃɪˌo] *n.* 開心果

5 **cookies 'n cream** 碎餅乾冰淇淋

6 **Neapolitan** [ˌniəˈpalətn̩] *n.* 那不勒斯冰淇淋

7 **marble fudge** [ˈmarbl̩ ˌfʌdʒ] *n.* 大理石巧克力

8 **mint chocolate chip** [ˈmɪnt ˈtʃɔklɪt ˌtʃɪp] *n.* 薄荷巧克力片

9 **rocky road** [ˈrɑkɪ ˈrod] *n.* 石板路（通常由巧克力、棉花糖、堅果做成）

10 **cookie dough** [ˈkʊkɪ ˌdo] *n.* 巧克力餅乾粒

常見冰淇淋甜點

1 **banana split** [bəˈnænə ˌsplɪt] *n.* 香蕉船

2 **ice cream sandwich** [ˈaɪsˈkrimˈsændwɪtʃ] *n.* 冰淇淋三明治

3 **ice cream cone** [ˈaɪsˈkrimˌkon] *n.* 冰淇淋甜筒

其他冰品

1 **baked Alaska** [ˈbektˈəˈlæskə] *n.* 火焰雪山

2 **frozen yogurt** [ˈfrozenˈjogət] *n.* 優格凍

3 **gelato** [dʒəˈlato] *n.* 義大利雪糕

4 **ice milk** [ˈaɪsˌmɪlk] *n.* 冰牛奶

5 **peach melba** [ˈpitʃ ˈmɛlbə] *n.* 梅爾芭桃子冰淇淋

6 **popsicle** [ˈpɑpsɪkl̩] *n.* 冰棒

7 **sorbet** [ˈsɔrbɪt] *n.* 果汁冰砂（又可稱為 sherbet/sherbert）

183 其他甜點

餅乾

1 **biscotti** [bɪsˋkɑti] *n.* 義式核仁餅乾片

2 **chocolate chip** [ˋtʃɔklɪt͵tʃɪp] *n.* 巧克力片

3 **fortune cookie** [ˋfɔrtʃənˋkukɪ] *n.* 幸運餅

4 **gingersnap** [ˋdʒɪndʒ⋅sænp] *n.* 薑餅

5 **macadamia nut** [͵mækəˋdemɪə͵nʌt] *n.* 夏威夷果

6 **oatmeal** [ˋot͵mil] *n.* 燕麥片

7 **vanilla wafer** [vəˋnɪləˋwef⋅] *n.* 香草威化餅

布丁

1 **blancmange** [bləˋmɑnʒ] *n.* 牛奶凍

2 **custard** [ˋkʌstəd] *n.* 蛋奶凍

3 **spotted dick** [ˋspɑtɪdˋdɪk] *n.* 葡萄乾布丁

其他的甜點

1 **baklava** [͵bɑkləˋvɑ] *n.* 巴克拉瓦（果仁千層酥）

2 **brownies** [ˋbraʊnɪs] *n.* 布朗尼（口感濃郁、常帶有乾果的巧克力蛋糕）

3 **cannoli** [ˋkɑnoli] *n.* 甜酥捲（炸過的管狀餡皮，以香軟乳酪為餡做成）

4 **chocolate mousse** [ˋtʃɔklɪt͵mus] *n.* 巧克力幕斯

5 **crème brûlée** [ˋkrɛm͵buˋle] *n.* 法式焦糖焗蛋

6 **fudge** [fʌdʒ] *n.* 牛奶巧克力軟糖；巧克力軟糕

7 **halva** [͵hauˋvɑ] *n.* 土耳其甜餅

8 **Jell-O** [ˋdʒɛlo] *n.* 【商標】果凍

9 **mud pie** [ˋmʌd͵paɪ] *n.* 巧克力冰淇淋派

Section 3 用餐好用字

黑咖啡

1 **Americano** [ə`mɛrɪkano] *n.* 美式咖啡

2 **espresso** [ɛs`prɛso] *n.* 濃縮咖啡

3 **double espresso** [`dʌbl, ɛs`prɛso] *n.* 雙份濃縮咖啡（又可稱為 doppio）

4 **hammerhead** [`hæmə, hɛd] *n.* 鎚頭咖啡（又可稱為 speed ball 或 shot in the dark）

加糖或奶精

1 **café au lait** [kə`fe ,o`le] *n.* 歐蕾咖啡（以等量的咖啡與牛奶沖調而成）

2 **café macchiato** [kə`fe, məki`ato] *n.* 瑪奇朵咖啡（義式濃縮咖啡加少許蒸氣牛奶）

3 **caffe latte** [`ka, fe`la, te] *n.* 拿鐵咖啡（濃縮咖啡加上熱牛奶，表層再鋪上細緻的薄奶泡）

4 **caffe con panna** [`ka, fe, kan`pana] *n.* 康寶藍咖啡

5 **cappuccino** [, kapə`tʃino] *n.* 卡布奇諾

6 **Irish coffee** [`ærɪʃ`kɔfɪ] *n.* 愛爾蘭咖啡

7 **mocha** [`mokə] *n.* 摩卡

煮咖啡的器具

1 **drip coffee maker** [`drip, kɔfɪ`mekə] *n.* 滲透式咖啡機；滴濾式咖啡機

2 **espresso machine** [ɛs`prɛso, mə`ʃin] *n.* 濃縮咖啡機

3 **French press** [`frɛntʃ`prɛs] *n.* 法式壓濾壺

4 **percolator** [`pɜkə, letə] *n.* 咖啡壺

其他的咖啡相關名稱

1 **caffeine** [`kæfiɪn] *n.* 咖啡因

2 **decaf** [`dikæf] *n.* 無咖啡因咖啡 /
decaffeinated [di`kæfən, etɪd] *adj.* 無咖啡因的

3 **filter** [`fɪltə] *n.* 濾網

4 **ice (iced) coffee** [`aɪs, d`kɔfɪ] *n.* 冰咖啡

5 **coffee of the day** [`kɔfɪ, əv, ðə`de] *n.* 本日咖啡

185 茶

紅茶

1 **Earl Grey** [ˋɝlˋgre] *n.* 伯爵（以一種叫香檸檬的柑橘類精油增添風味）

2 **Darjeeling** [dɑrˋdʒilɪŋ] *n.* 大吉嶺茶（印度大吉嶺區生產的高品質紅茶）

3 **orange pekoe** [ˋɔrɪndʒ ˋpiko] *n.* 橙黃白毫（以新芽部分製成的茶葉）

花茶

1 **jasmine** [ˋdʒæsmɪn] *n.* 茉莉花茶

2 **chrysanthemum** [krɪsˋænθəməm] *n.* 菊花茶

香草茶

1 **rose hip** [ˋros͵hɪp] *n.* 玫瑰茶

2 **chamomile / camomile** [ˋkæmə͵maɪl] *n.* 甘菊茶

3 **lemon grass** [ˋlɛmənˋgræs] *n.* 檸檬草茶

4 **barley** [ˋbɑrlɪ] *n.* 大麥茶

5 **mint** [mɪnt] *n.* 薄荷茶

其他茶類

1 **green tea** [ˋgrinˋti] *n.* 綠茶

2 **oolong tea** [ˋulɔŋˋti] *n.* 烏龍茶

3 **pu-erh tea** [ˋpu͵ɝˋti] *n.* 普洱茶

4 **chai** [tʃaɪ] *n.* 印度拉茶（以蜂蜜、牛奶調味的紅茶）

5 **bubble tea** [ˋbʌbḷ͵ti] *n.* 泡沫茶

其他的茶相關名稱

1 **tea bag** [ˋti͵bæg] *n.* 茶包

2 **tea strainer** [ˋti͵strenə] *n.* 茶葉過濾器

3 **loose tea** [ˋlusˋti] *n.* 散裝的茶葉

4 **strong** [strɔŋ] *adj.* 濃的 / **weak** [wik] *adj.* 淡的

啤酒的種類

1. **lager** [ˋlagɚ] *n.* 精釀啤酒；儲藏啤酒

2. **ale** [el] *n.* 麥酒 / **pale ale** [ˋpel, el] *n.* 淡啤酒

3. **pilsener / pilsner** [ˋpɪlznɚ] *n.* 皮爾森啤酒

4. **porter** [ˋportɚ] *n.* 波特啤酒

5. **stout** [staʊt] *n.* 大麥黑啤酒

常見的啤酒品牌

1. **Asahi** [ˋasahi] *n.* 【商標】朝日啤酒（日本）

2. **Bass** [bes] *n.* 【商標】巴斯啤酒（英國）

3. **Beck's** [bɛks] *n.* 【商標】貝克啤酒（德國）

4. **Budweiser** [ˋbʌd, waɪzɚ] *n.* 【商標】百威啤酒（美國）

5. **Carlsberg** [ˋkarlz, bɝg] *n.* 【商標】卡斯柏啤酒（丹麥）

6. **Coors** [kurs] *n.* 【商標】酷爾斯啤酒（美國）

7. **Corona** [kəˋronə] *n.* 【商標】可樂那啤酒（墨西哥）

8. **Duvel** [duˋvɛl] *n.* 【商標】杜瓦啤酒（比利時）

9. **Foster's** [ˋfɔstɚz] *n.* 【商標】佛斯特啤酒（澳洲）

10. **Guinness** [ˋgɪnɪs] *n.* 【商標】健力士啤酒（愛爾蘭）

11. **Heineken** [ˋhaɪnəkən] *n.* 【商標】海尼根啤酒（荷蘭）

12. **Kirin** [ˋkɪrɪn] *n.* 【商標】麒麟啤酒（日本）

13. **Miller** [ˋmɪlɚ] *n.* 【商標】美樂啤酒（美國）

14. **Pilsner Urquell** [ˋpɪlznɚ ɝˋkwel] *n.* 【商標】皮爾森啤酒（捷克）

15. **San Miguel** [ˋsæn, məˋgel] *n.* 【商標】生力啤酒（菲律賓）

187 葡萄酒

紅酒

■ Bordeaux [bɔr`do] *n.* 波多葡萄酒

② Burgundy [`bɜgəndi] *n.* 勃艮第葡萄酒

③ Cabernet Sauvignon [,kæbɚ`net ,sovən`jan] *n.* 卡百內葡萄酒

④ Merlot [mɚ`lo] *n.* 默爾樂葡萄酒

白酒

■ Chablis [,ʃæ`bli] *n.* 沙百里葡萄酒

② Chardonnay [,ʃardn̩`e] *n.* 夏敦埃葡萄酒

③ Riesling [`rizlɪŋ] *n.* 雷斯林葡萄酒

④ Sauvignon Blanc [,sovən`jan`blɔn] *n.* 白索維農葡萄酒

其他酒類

■ champagne [ʃæm`pen] *n.* 香檳（又稱為 sparkling wine）

② mulled wine [`mold ,waɪn] *n.* 熱甜紅酒

③ Port [port] *n.* 波特葡萄酒

④ rosé [ro`ze] *n.* 玫瑰酒

⑤ sangria [sæn`griə] *n.* 桑葛里厄汽酒

⑥ spritzer [`sprɪtsɚ] *n.* 蘇打酒

⑦ wine cooler [`waɪn,kulɚ] *n.* 冰鎮甜酒

其他關於酒的用詞

■ carafe [kə`ræf] *n.* 瓶（1/2 carafe「半瓶」）

② cork [kɔrk] *n.* 軟木塞

③ corkscrew [`kɔrk,skru] *n.* 拔塞鑽

④ house wine [`haus ,waɪn] *n.* 招牌酒

⑤ sommelier [,sʌmu`je] *n.* 酒侍者；斟酒服務員

烈酒與調酒　　　　　　　　　CD2 52

威士忌

1 Bourbon [`bʊrbən] *n.* 波本威士忌

2 Canadian whisky [kə`nedɪən `hwɪskɪ] *n.* 加拿大威士忌

3 Irish whiskey [`aɪrɪʃ `hwɪskɪ] *n.* 愛爾蘭威士忌

4 rye [raɪ] *n.* 黑麥威士忌

5 Scotch [skɑtʃ] *n.* 蘇格蘭威士忌

其他酒類

1 brandy [`brændɪ] *n.* 白蘭地

2 cognac [`kon͵jɑk] *n.* 科涅克白蘭地

3 gin [dʒɪn] *n.* 琴酒；杜松子酒

4 rice wine [`raɪs ͵waɪn] *n.* 米酒

5 rum [rʌm] *n.* 蘭姆酒

6 sake [`sɑkɪ] *n.* 日本清酒

7 tequila [tə`kilə] *n.* 龍舌蘭酒

8 vodka [`vɑdkə] *n.* 伏特加酒

調酒

1 carbonated (soda) water [`kɑrbənitɪd `wɔtə] *n.* 蘇打水

2 lemon [`lɛmən] *n.* 檸檬汁 / lime juice [`laɪm ͵jus] *n.* 萊姆汁

3 tonic water [`tɔnɪk `wɔtə] *n.* 奎寧水

4 vermouth [͵vɝ`muθ] *n.* 苦艾酒

其他酒類相關用詞

1 cocktail shaker [`kɑk͵tel ͵ʃekə] *n.* 雞尾酒搖杯

2 shot glass [`ʃɑt ͵glæs] *n.* 小酒杯（只足以裝一小口酒）

3 swizzle stick [`swɪzl ͵stɪk] *n.* 調酒棒

189 雞尾酒

以威士忌為基底的雞尾酒
1. **Irish Coffee** [ˈaɪrɪʃ ˈkɔfɪ] *n.* 愛爾蘭咖啡
2. **Manhattan** [mænˈhætn̩] *n.* 曼哈頓雞尾酒
3. **Old Fashioned** [ˈold ˈfæʃənd] *n.* 古典酒
4. **Whiskey Sour** [ˈhwɪskɪ ˈsaʊr] *n.* 檸檬威士忌雞尾酒

以琴酒為基底的雞尾酒
1. **Gimlet** [ˈgɪmlɪt] *n.* 螺絲起子
2. **Gin and Tonic** [ˈdʒɪn ˌɛnd ˈtɔnik] *n.* 琴湯尼；琴奎寧
3. **Martini** [marˈtini] *n.* 馬丁尼
4. **Singapore Sling** [ˈsɪŋgə.por ˈslɪŋ] *n.* 新加坡司令
5. **Tom Collins** [ˈtam ˈkalɪnz] *n.* 杜松子果汁酒

以伏特加為基底的雞尾酒
1. **Bloody Mary** [ˈblʌdɪ ˈmɛrɪ] *n.* 血腥瑪莉
2. **Moscow Mule** [ˈmasko ˈmjul] *n.* 莫斯恨騾子
3. **Salty Dog** [ˈsɔltɪ.dɔg] *n.* 鹹狗
4. **White Russian** [ˈhwaɪt ˈrʌʃən] *n.* 白俄羅斯

以龍舌蘭為基底的雞尾酒
1. **Frozen Matador** [ˈfrozn̩ ˈmætə.dɔr] *n.* 霜凍鬥牛士
2. **Margarita** [ˌmɑrgəˈritə] *n.* 瑪格莉特
3. **Tequila Sunrise** [təˈkilə ˈsʌn.raɪz] *n.* 龍舌蘭日出

以蘭姆酒為基底的雞尾酒
1. **Daiquiri** [ˈdaɪkərɪ] *n.* 台克力酒；代基里酒
2. **Long Island Iced Tea** [ˈlɔŋ.aɪlənd.aɪs ˈti] *n.* 長島冰茶
3. **Mai Tai** [ˈmaɪ.taɪ] *n.* 邁泰雞尾酒
4. **Piña Colada** [ˈpinjɑ.koˈlɑdɑ] *n.* 鳳梨可樂達

無酒精飲料　　　　　　　　　　CD2 54

汽泡水

1 **Coke** [kok] *n.*【商標】可口可樂

2 **Diet Pepsi** [ˋdaɪət ˋpɛpsɪ] *n.*【商標】低卡百事可樂

3 **Dr. Pepper** [ˋdɑktɚ͵pɛpɚ] *n.*【商標】蘇打博士

4 **ginger ale** [ˋdʒɪndʒɚ ˋel] *n.* 薑汁汽水

5 **grape soda** [ˋgrep ˋsodə] *n.* 葡萄汽水

6 **Mountain Dew** [ˋmauntṇ ˋdu] *n.*【商標】山露汽水

7 **root beer** [ˋrut͵bɪr] *n.* 沙士

8 **Sprite** [spraɪt] *n.*【商標】雪碧汽水

9 **7 UP** [ˋsɛvən ˋʌp] *n.*【商標】七喜汽水

果汁加味飲料

1 **Snapple** [ˋsnæpḷ] *n.*【商標】思拿多（果茶類飲料）

2 **V8** [͵vi ˋet] *n.*【商標】果菜汁品牌

3 **Gatorade** [ˋgetə͵red] *n.*【商標】開特力（運動飲料）

其他飲料

1 **Red Bull** [ˋrɛd͵bul] *n.*【商標】紅牛（奧地利一個提神飲料的品牌）

2 **chocolate milk** [ˋtʃɔklɪt ˋmɪlk] *n.* 巧克力牛奶

3 **hot chocolate** [ˋhɑt ˋtʃɔklɪt] *n.* 熱巧克力

4 **hot cocoa** [ˋhɑt ˋkoko] *n.* 熱可可

5 **Yoo-hoo** [ˋju͵hu] *n.*【商標】巧克力飲料（美國的一個巧克力品牌）

6 **vanilla shake** [vəˋnɪlə͵ʃek] *n.* 香草奶昔

7 **chocolate malt** [ˋtʃɔklɪt ˋmɔlt] *n.* 巧克力麥芽

8 **root beer float** [ˋrut͵bɪr͵flot] *n.* 飄浮沙士（沙士上層鋪著一球冰淇淋）

191 餐廳類型

餐廳類型

■ **bar and grill** [ˋbar, ɛnd, grɪl] *n.* 烤肉餐館

② **bistro** [ˋbistro] *n.* 小型的酒館；小飯館

③ **buffet** [bəˋfe] *n.* 自助式餐廳

④ **café** [kəˋfe] *n.* 咖啡店；露天餐館

⑤ **coffee shop** [ˋkɔfɪ ʃap] / **coffeehouse** [ˋkɔfɪ, haʊs] *n.* 咖啡館

⑥ **diner** [ˋdaɪnə] / **greasy spoon** [ˋgrisɪ, spun] *n.* 簡餐店

⑦ **dive** [daɪv] *n.* 廉價餐廳

⑧ **family restaurant** [ˋfæmlɪ ˋrɛstərənt] *n.* 家庭餐廳

⑨ **hole in the wall** [ˋhol, ɪn, ðə ˋwɔl] *n.* 小店

⑩ **pub** [pʌb] / **tavern** [ˋtævən] *n.* 酒吧；酒館

以料理區分的餐廳種類

■ **burger joint** [ˋbɜgə ˋdʒɔɪnt] *n.* 漢堡連鎖店

② **deli=delicatessen** [ˌdɛləkəˋtɛsn] *n.* 熟食店；現成食品店（大部分以賣三明治為主）

③ **oyster bar** [ˋɔɪstə ˋbar] *n.* 蠔肉吧

④ **pancake house** [ˋpæn, kek, haʊs] *n.* 煎餅屋 /
waffle house [ˋwafl, haʊs] *n.* 鬆餅屋

⑤ **pizzeria** [ˌpitsəˋriə] *n.* 披薩餅店

⑥ **ribs joint** [ˋribs, dʒɔɪnt] *n.* 肋排連鎖店

⑦ **steak house** [ˋstek, haʊs] *n.* 牛排館

⑧ **taqueria** [ˌtakəˋria] *n.* 墨式餐廳

⑨ **trattoria** [ˌtratəˋria] *n.* 廉價義式餐館

⑩ **vegetarian restaurant** [ˌvɛdʒəˋtɛrɪən ˋrɛstərənt] *n.* 素食餐廳

192 餐具

Section 3 用餐好用字

刀叉和銀製餐具

1 **dessert fork** [dɪˋzɜtˋfɔrk] *n.* 點心叉

2 **dinner fork** [ˋdɪnɚˋfɔrk] *n.* 餐叉 / **dinner spoon** [ˋdɪnɚˋspun] *n.* 餐匙

3 **salad fork** [ˋsælədˋfɔrk] *n.* 沙拉叉

4 **soup spoon** [ˋsupˋspun] *n.* 湯匙

5 **dinner knife** [ˋdɪnɚˋnaɪf] *n.* 餐刀

6 **steak knife** [ˋstekˋnaɪf] *n.* 牛排刀

瓷器

1 **bread plate** [ˋbrɛdˏplet] *n.* 麵包盤

2 **dinner plate** [ˋdɪnɚˏplet] *n.* 餐盤

3 **salad plate** [ˋsælədˏplet] *n.* 沙拉盤 / **salad bowl** [ˋsælədˏbol] *n.* 沙拉碗

4 **saucer** [ˋsɔsɚ] *n.* 茶杯的托盤；小碟

5 **soup bowl** [ˋsupˏbol] *n.* 湯碗

玻璃餐具

1 **coffee cup** [ˋkɔfɪˋkʌp] *n.* 咖啡杯 / **tea cup** [ˋtiˋkʌp] *n.* 茶杯

2 **water goblet** [ˋwɔtɚˋgablɪt] *n.* 高腳水杯

3 **wine glass** [ˋwaɪnˋglæs] *n.* 玻璃酒杯

其他

1 **platter** [ˋplætɚ] *n.* 大盤子（尤指盛肉用的）

2 **serving bowl** [ˋsɝvɪŋˋbol] *n.* 小碗

3 **table cloth** [ˋteblˏklɔθ] *n.* 桌巾

4 **salt shaker** [ˋsɔltˏʃekɚ] *n.* 鹽瓶 / **pepper shaker** [ˋpɛpɚˏʃekɚ] *n.* 胡椒瓶

5 **straw** [strɔ] *n.* 吸管

6 **ashtray** [ˋæʃˏtre] *n.* 煙灰缸

廚具

爐具

1 **frying pan** [ˈfraɪɪŋ ˌpæn] *n.* 煎鍋;油炸鍋(又可稱為 skillet [ˈskɪlɪt])

2 **kettle** [ˈkɛtl̩] *n.* 茶壺;燒水壺

3 **saucepan** [ˈsɔs ˌpæn] *n.* 長柄有蓋的深鍋

4 **wok** [wɑk] *n.* 炒鍋

5 **griddle** [ˈgrɪdl̩] *n.* (烤餅用的)鐵盤

烤箱器具

1 **baking pan** [ˈbɛkɪŋ ˌpæn] *n.* 烤盤

2 **casserole** [ˈkæsə ˌrol] *n.* 砂鍋;蒸鍋

3 **cookie sheet** [ˈkʊkɪ ˈʃit] *n.* 淺平的烤盤

4 **roasting pan** [ˈrostɪŋ ˈpæn] *n.* 烤肉烤盤

廚房用具

1 **blender** [ˈblɛndɚ] *n.* 攪拌器(尤指有刀片的攪拌器,如:果汁機)

2 **mixer** [ˈmɪksɚ] *n.* 攪拌器

3 **rice cooker** [ˈraɪs ˈkʊkɚ] *n.* 煮飯的電鍋

4 **toaster** [ˈtostɚ] *n.* 烤麵包機

5 **waffle iron** [ˈwɑfl̩ ˈaɪən] *n.* 做鬆餅用的鐵模

基本用具

1 **cleaver** [ˈklivɚ] *n.* (大型的)的切肉刀;菜刀

2 **cutting board** [ˈkʌtɪŋ ˈbord] *n.* 切食物的砧板

3 **grater** [ˈgretɚ] *n.* 磨菜板

4 **oven mitts** [ˈʌvən ˈmɪt] *n.* 烤箱用的手套

5 **paring knife** [ˈpɛrɪŋ ˈnaɪf] *n.* 削皮用的刀子

6 **potholder** [ˈpɑt ˌholdɚ] *n.* 用以握持熱鍋的布墊或厚布

7 **spatula** [ˈspætʃələ] *n.* 抹刀(用來混合或塗敷食品的刀)

附錄 1

國 際 小 費 標 準		
Australia（澳洲）	10-15%	
Austria（奧地利）	5-10%	
Belgium（比利時）	無	
Britain（英國）	10-15%	
Canada（加拿大）	15-20%	
Denmark（丹麥）	帳單已內含	
Finland（芬蘭）	帳單已內含	
France（法國）	帳單已內含（加給零錢）	
Germany（德國）	帳單已內含（加給零錢）	
Greece（希臘）	帳單已內含（加給零錢）	
Hong Kong（香港）	10%	
Ireland（愛爾蘭）	10%	
Italy（義大利）	帳單已內含（加給零錢）	
Japan（日本）	無	
Mexico（墨西哥）	15%	
Netherlands（荷蘭）	帳單已內含（加給零錢）	
New Zealand（紐西蘭）	5-10%	
Norway（挪威）	帳單已內含	
Portugal（葡萄牙）	10%	
Singapore（新加坡）	無	
South Korea（南韓）	無	
Spain（西班牙）	帳單已內含（加給零錢）	
Sweden（瑞典）	帳單已內含	
Switzerland（瑞士）	帳單已內含（加給零錢）	
Thailand（泰國）	無	
United States（美國）	15-20%	

資料來源：經 Tramex Travel 授權同意使用
http://www.tramex.com/tips/tipping.htm

必嚐清單

難得花錢出國，豈可有遺珠之憾！不論是朋友推薦還是自己做的小功課，若有此行必嚐不可的佳餚，是本書所未備載（食海浩瀚，總有不足之處啊！），出發前記下來，屆時開口點餐不結巴，美味之旅不受限！

Try This!

國家圖書館出版品預行編目資料

用餐 900 句典 / David Katz 作；袁世珮譯.
——初版.——臺北市；貝塔，2005〔民 94〕
　　面：　　公分

　ISBN 957-729-521-5（平裝附光碟片）

　1. 餐飲英語—會話

805.188　　　　　　　　　　　　　94010189

用餐 900 句典
Overheard in the Restaurant

作　　者 / David Katz
審　　訂 / 梁欣榮
譯　　者 / 袁世珮
執行編輯 / 陳家仁

出　　版 / 貝塔出版有限公司
地　　址 / 台北市 100 館前路 12 號 11 樓
電　　話 / (02)2314-2525
傳　　真 / (02)2312-3535
郵　　撥 / 19493777 貝塔出版有限公司
客服專線 / (02)2314-3535
客服信箱 / btservice@betamedia.com.tw

總 經 銷 / 時報文化出版企業股份有限公司
地　　址 / 桃園市龜山區萬壽路二段 351 號
電　　話 / (02)2306-6842

出版日期 / 2015 年 2 月初版八刷
定　　價 / 250 元
ISBN：957-729-521-5

Overheard in the Restaurant
Copyright 2005 by Beta Multimedia Publishing

喚醒你的英文語感！

後釘好，直接寄回即可！

100 台北市中正區館前路12號11樓

 貝塔語言出版 收
Beta Multimedia Publishing

寄件者住址 ☐☐☐

貝塔語言出版
Beta Multimedia Publishing

讀者服務專線（02）2314-3535　讀者服務傳真（02）2312-3535
客戶服務信箱 btservice@betamedia.com.tw

www.betamedia.com.tw

謝謝您購買本書！！
貝塔語言擁有最優良之英文學習書籍，為提供您最佳的英語學習資訊，您填妥此表後寄回（免貼郵票）將可不定期免費收到本公司最新發行書訊及活動訊息！

姓名：＿＿＿＿＿＿＿＿＿＿　性別：□男 □女　生日：＿＿＿＿年＿＿＿＿月＿＿＿＿日

電話：(公)＿＿＿＿＿＿＿＿(宅)＿＿＿＿＿＿＿＿(手機)＿＿＿＿＿＿＿＿

電子信箱：＿＿＿＿＿＿＿＿＿＿＿＿＿＿＿＿＿＿＿＿

學歷：□高中職含以下 □專科 □大學 □研究所含以上

職業：□金融 □服務 □傳播 □製造 □資訊 □軍公教 □出版 □自由 □教育 □學生 □其他

職級：□企業負責人 □高階主管 □中階主管 □職員 □專業人士

1 . 您購買的書籍是？＿＿＿＿＿＿＿＿＿＿＿＿＿＿＿＿

2 . 您從何處得知本產品？(可複選)

　　□書店 □網路 □書展 □校園活動 □廣告信函 □他人推薦 □新聞報導 □其他

3 . 您覺得本產品價格：

　　□偏高 □合理 □偏低

4 . 請問目前您每週花了多少時間學英語？

　　□不到十分鐘 □十分鐘以上，但不到半小時 □半小時以上，但不到一小時

　　□一小時以上，但不到兩小時 □兩個小時以上 □ 不一定

5 . 通常在選擇語言學習書時，哪些因素是您會考慮的？

　　□ 封面 □內容、實用性 □品牌 □媒體、朋友推薦 □價格 □其他＿＿＿＿＿＿＿＿

6 . 市面上您最需要的語言書種類為？

　　□聽力 □閱讀 □文法 □口說 □寫作 □其他＿＿＿＿＿＿＿＿

7 . 通常您會透過何種方式選購語言學習書籍？

　　□書店門市 □網路書店 □郵購 □直接找出版社 □學校或公司團購

　　□其他＿＿＿＿＿＿＿＿

8 . 給我們的建議：＿＿＿＿＿＿＿＿＿＿＿＿＿＿＿＿＿＿＿＿＿

＿＿＿＿＿＿＿＿＿＿＿＿＿＿＿＿＿＿＿＿＿＿＿＿＿＿＿＿＿＿＿

喚醒你的英文語感！

Get a Feel for English !

喚醒你的英文語感 ！

Get a Feel for English !